刀下晴空

志在行医的日子 2

钟尚志 著

生活·讀書·新知 三联书店

Copyright © 2018 by SDX Joint Publishing Company.
All Rights Reserved.
本作品版权由生活·读书·新知三联书店所有。
未经许可,不得翻印。

图书在版编目(CIP)数据

刀下晴空:志在行医的日子 2/钟尚志著. —北京:
生活·读书·新知三联书店,2018.8
ISBN 978-7-108-06243-7

Ⅰ.①刀⋯ Ⅱ.①钟⋯ Ⅲ.①随笔-作品集-中国-当代
②小品文-作品集-中国-当代 Ⅳ.①I267

中国版本图书馆 CIP 数据核字(2018)第 040982 号

责任编辑	王　竞
装帧设计	薛　宇
责任印制	卢　岳
出版发行	生活·讀書·新知 三联书店
	(北京市东城区美术馆东街 22 号 100010)
网　　址	www.sdxjpc.com
经　　销	新华书店
印　　刷	北京市松源印刷有限公司
版　　次	2018 年 8 月北京第 1 版
	2018 年 8 月北京第 1 次印刷
开　　本	880 毫米 × 1230 毫米　1/32　印张 7.25
字　　数	80 千字　图 22 幅
印　　数	00,001-10,000 册
定　　价	35.00 元

(印装查询:01064002715;邮购查询:01084010542)

目　录

推荐序

钟爱医术　尚崇医德　志在后人　李兆申　1
仁者无忧　智者无惑　勇者无惧　李　闻　5
我所知道的钟尚志教授　胡　冰　13

自序　17

严师高徒

人体解剖　2
学艺　4
误诊　6
醉猫房　8
心有千千结　10

宾主之分　12
凌波微步　14
身教　16
老鹰的眼睛　18
内外全科　20

听筒 22
剑胆琴心 24
希巴女王 26
从神坛走下来 28
三师 30
一万小时 32
蜘蛛图 34
公开演讲 36
传功授业 38

缝纫班 40
KISS 42
手把手 44
巧手 46
形象 48
投诉 50
教学相长 52
一团火 54

病理浅释

眼前一黑 58
让子弹飞 60
毒瘤 62
不可不戒 64
土法防肺炎 66
小肠气 68
微创疝修补 70
大场面 72
胃痛 74
血肉长城 76

溃疡的故事 78
溃疡穿孔 80
胃酸 82
胃出血 84
早期胃癌 86
冇胆匪类 88
他山之石 90
胆管炎 92
无声狗 94
深藏不露 96

盲肠炎 98
肠癌（一） 100
肠癌（二） 102
肠癌（三） 104

造口 106
痔瘘（一） 108
痔瘘（二） 110
腰骨痛 112

悬壶偶拾

选择 116
医生证明 118
三个夹子 120
指引与守则 122
难得糊涂 124
天机 126
病历 128
孖女 130
择吉 132
快刀 134

出茅招 136
有骨在喉 138
一代风流 140
吊盐水 142
药石乱投 144
寒流 146
挽燕姐 148
坦白从宽 150
管中窥豹 152
顺其自然 154

杏林纪事

手套 158
最古老的手术 160
麻肺散 162
ABC 164
从野蛮到微创 166
称呼 168
顾问 170
烛光晚餐 172
X光片 174
创意 176
慢板 178
学会说"不" 180
食人族 182

缝针 184
奶粉 186
白袍 188
内科和外科 190
功夫茶 192
牛奶 194
鸡蛋 196
横祸 198
同意书 200
危机处理 202
老辣 204
盈缩之期 206

推荐序 1
钟爱医术　尚崇医德　志在后人

李兆申

（中国工程院院士

中国医师协会内镜医师分会会长

海军军医大学长海医院内科学教研室主任

消化内科及消化内镜中心主任医师、教授）

2018年春节前，几乎全国普降了一场几十年未遇的大雪，包括上海这个南方大都市，也是第一次下如此的鹅毛大雪。站在窗前，眺望被皑皑白雪覆盖的大街小巷，特别惊喜，常言道，瑞雪兆丰年，新的一年，必有喜事来临。

果然，我科柏愚副教授告知，钟尚志教授发邮件给我。读罢邮件，我一口气读完了他的《刀下晴空》新书样稿，随即又翻阅了他以前出版的《刀下留人》及《刀下再留人》。钟教授的"刀下人生"通过这百余篇文学小品深刻地印在我的脑海里，他以风趣诙谐而又轻松的笔触，将四十余年行医历程中酸甜苦辣感受与读者分享，而其中对医学、病患和社会的赤子之心更是令人感动。

这也促使我回忆起与钟教授相识、相知二十五年的那些岁月，还有我们所共同留下的美好回忆。钟教授待病人如亲人，待学生如良师，待同道如益友，可以称得上我们所敬仰的一面旗帜。

钟教授是一名公认的世界医学大师，是亚太地区内镜领域的开创者，被誉为"香港内窥镜之父"，由他开创的新技术享誉海内外。秉持着仁心仁术的理念和精湛的技艺，凭借一刀一镜，挽救了无数患者的生命。

钟教授也是一名崇尚医德、不畏艰险、极负责任的医院管理者。"非典"抗疫，他是人民健康战线上的卫士、民族英雄；援巴义诊，他是国际主义战士和国际和平使者。

钟教授更是一名深受爱戴、治学严谨、敢于创新的医学教育家。他教书育人数十载，桃李全球。尤其是对中国内镜医师的培养，更是功不可没。自上世纪80年代起，他便向内地医学界推荐内镜技术，无数次手术演示，手把手指导、培养了大量内镜医师。可以说，中国内地消化内镜技术能有今天的大发展，与他息息相关。

"钟爱医术、尚崇医德、志在后人"，这就是我所认识的钟尚志教授。

怀着对钟教授的敬佩之情，我有幸在出版发行前，先拜读了这部精彩的作品。此书共收集了钟教授四十多年行医经历的精彩片段，共有"严师高徒""病理浅释""悬壶偶拾""杏林纪事"四个部分。

从书中我感受到钟教授不只是在回忆自己的从医经历，也希望通过自己的行医历程与经验，能影响更多的医学同行。无论是书中对于临床医生"十年磨一剑，苦练一万小时"的鼓励，对病人要"平等对待,坐下来谈谈"的期待,还是对"教学八小时、临床八小时、科研八小时,一天正好二十四小时"的谐谑,都让人感觉到作为医者要保持心中那一团对专业执着、对病人热情而"永不熄灭的火焰"。希望阅读本书的读者们可以悟出钟教授多年来做人、做事、做学问的原则和高尚情操,并学以致用。

在此,我郑重向广大医学同道及有志从事医学事业的学生们推荐此书,希望本书能影响、启迪更多青年一辈的后起之秀。

2018 年春节

推荐序 2
仁者无忧　智者无惑　勇者无惧

李　闻

(中国人民解放军总医院消化内科
主任医师、教授、博士生导师)

意外地收到钟尚志教授的邮件，我又惊又喜。教授是个不喜欢应酬的人，对我通常的节假日问候一般不予理睬，从来不回复我的"无意义的"邮件。这次突然接到邮件，怎能不惊！而喜的是，我的博士生导师能让他的学生为他的书写序，对我这个学生来说真是莫大的荣幸和信任。

钟尚志教授系香港中文大学医学院前院长，抗"非典"的英雄之一，有"香港微创手术之父"之称。他于 2004 年五十岁时辞去一切公职，开始他传奇的另一种人生——以身示教治学育人，过上了"不食人间烟火的日子"。他迄今只带过两名博士，鄙人很荣幸成为他的第一个弟子。我最近为了给我的学生和进修医生讲课，向钟教授求证，二十年前为何选择了我，一名内科医生，作为他外科教授的第一名博士学生。记得 1997 年 5 月我第一次走进香港威尔斯亲王医院内镜中心的时候，很多人都围过来，看钟教授的第一个学生是何许人也。大家都非常好奇，因为他眼光挑剔，一直没带学生；不是没人报考，而是他都不满意。说起他当初选我的缘由，他说他喜欢我"锲而不舍"的精神。我恍然大悟，不禁想起了二十多年前的一幕——香港回归之前的1995年我赴香港短期进修学习，准确地讲只能算参观，只让看，不让做。记得有一天钟教授给一位胆管结石患者做内镜取石手术（ERCP），因胆管内石头太大，切口小，一时无法取出，嵌顿在了开口处。教授使尽全身解数，却取不出来结石，上也上不去，下也下不来，卡得死死的。更换机械碎石器，也无济于事。只见钟教授满头大汗，围观的医生护士都屏住呼吸，瞪大了眼睛静观，谁也不敢喘大气，更不敢发出一点响动。我之前没见过这种手术，没有任何经验，却直接问教授："如果石头取不出来怎么办？"钟教授说："只能开刀了。"我又问："既然石头大，碎不掉，能把切口继续切大点吗？"他说："切口已经到了极限，再切很容易穿孔，太危险。"我没有注意到旁边围观的医生和护士们惊愕的眼神，继续说："反正最坏的结果是手术，不如扩大切口搏一下。万一没穿孔，就不用手术了。即使穿孔了，再手术也不迟。"钟教授汗流浃背，扭头看了我一眼，什么话也没说。后来我才知道，"教授"在英国殖民统治时期的香港是至高无上的，乃是权威的象征，没人敢向"教授"提出建议。只有我这个不谙世事的初生牛犊，才敢冒天下之大不韪向教授谏言。可也正是因为这次"短兵相接"，我博得了钟教授的赏识，才有了我之后的香港学习历程。

关于医学方面，他有很多名言——

做一名好医生,最重要的是要能清楚地了解患者的需求,懂得患者的文化,我看不懂baseball(棒球),不知道什么叫homecoming(美加学府一年一度招待旧生的开放日),也不喜欢吃apple pie(苹果派),所以我在美国当不了好医生,这也是我不去美国做医生的主要原因。

好的外科医生不在于知道自己能做什么手术,而在于知道自己不能做什么手术、做到什么程度该停。

传统开刀做手术的方式将来可能会被废弃,取而代之的是更加微创,甚至无创的方法。

你做够1000台手术(ERCP),你的技术就过关了。

你没有碰到并发症,说明你做的例数还不够。

参加大会发言交流的原则是脱稿演讲,可以背下来,但不能照着念。

制作幻灯和壁报参加会议的原则是醒目,最好的幻灯和壁报是不用解释,一看就明白。制作的壁报要让站在一米之外的人能看清每一个字。

写论文的原则是少用缩写,最好用简单的文字能表达复杂的意思。

内地很多医生热衷于写书,因为晋职晋级都有用处。写书在香港评级评职不算数，因为书是由发表的论文总结汇集而成的。

内地热衷申请各类奖项，已成为中国特色，国际上只认诺贝尔奖，但不需要申请。

关于人文方面，他也有一些名句——

人没有祖国，好比没有父母、没有家。

你不作为受殖民统治的人，你不会体会到被殖民统治者鄙视的滋味。

50年代以前香港没有淡水，我小时候常常排长队分淡水。后来中国政府为香港建了两条淡水管道，解决了香港饮水问题，我们一直喝到今天。

中国第一颗原子弹爆炸成功是香港人最扬眉吐气的时刻。

香港回归祖国政权交接的那个晚上，是我一生最高兴的时刻。

香港回归后来医院参观的官员和学者越来越多，带领大家参观和陪吃饭这类没意义的事请你替我分担，我就不出面了。

你不要学粤语，应用范围小；你要学好英文，应用范围广。

请人吃饭最重要的是要让客人记住吃的东西。（他请我吃过几次饭我都记住了，因为每次都与众不同。比如一次晚上带我去海边吃生蚝，活吃两枚巨大生蚝，这是我人生第一次吃生蚝，而且还是活的，生吞。当晚皮肤过敏，抓耳挠腮，奇痒无比。）

很遗憾你举办的会议我不能参加，因为我要带香港得癌症的小朋友去澳门搞活动。（2013年4月13～14日我在解放军总医院海南分院举办学术会议，邀请我的偶像，也是钟尚志教授敬佩的学者黄志强院士讲"医学大家是怎样炼成的"。本想邀请钟教授讲"生命的意义"，他如是回答了我。）

被动生活很容易，主动生活很困难。

2016年我再去香港拜访钟教授，发现他比以前更加淡定地享受着他的生活，对很多事情淡然处之，内心非常恬静安然，俨然一副"活佛"的感觉。我总结他现在的身份有：作家、渔民（潜水用带绳索的弓箭射大鱼）、潜水教练、帆船/板爱好者、马拉松运动员（每年最少参加一次马拉松比赛）、滑翔伞爱好者、公益慈善家、乐队乐手（萨克斯管、架子鼓），医生反而成了业余爱好。

钟尚志教授的言传身教让我明白了一个道理，教育不是说教，而是影响。今天能为钟教授的书写序，我深知导师对自己的影响还在继续。我看过钟教授之前写的《刀下留人——志在行医的日子》，今天又有幸拜读了他的《刀下晴空——志在行医的日子2》，仿佛把我带回了二十多年前，跟他学习时的情景。《刀下晴空》中系统地介绍了许多常见疾病，尤其是消化系统常见疾病的症状、体征及治疗方法。然而，它不是普通的医学专著，而是一本具有钟尚志教授风格的幽默、诙谐的科普书。我开始阅读时以为很简单，但随着内容的深入，越读越觉得自己肤浅，读到了许多似曾相识，但又不能准确说出出处的知识。比如，"To cure sometimes, to relieve often, to comfort always（偶尔治愈，常常舒缓，时时安慰），这是美国19世纪医生爱德华·特鲁多（Edward Trudeau）留给我们的座右铭"。从简单的感冒治疗和腹泻补液方法，到复杂的胆管结石所致化脓性胆管炎的内镜微创治疗，深入浅出，让我这个离开钟教授身边已经十七年多的学生，再次领悟了导师的学术造诣与生活风采。《刀下晴空》内容不仅涉及内科，还涉及外科，尤其对内、外科的界限做了深刻阐述。作者以患者为中心进行分工，而不是以内外科医生分科来工作的理念呼之欲出。麻醉医学的出现，促进了西医外科技术的飞跃发展，而中国的神医华佗早在西医麻醉学出现前的1600年就使用中药"麻沸散"给患者做麻醉下的手术了，这也体现了祖国传统医学的博大精深。

　　此书对医患关系——这个国内非常敏感的话题，也有涉及。《刀下晴空》对我这个从医快四十年的"老油条"来说都有收获，我想对新入道的"嫩瓜"更是难得的辅助教材。此书不仅仅对医学专业人士有帮助，更难能可贵的是对非医学专业人士也有益处。钟教授用轻松、简单的语言，把复杂的医学知识清晰地介绍给读者，让所有读者，无论有医学知识，还是没有医学常识，都能读懂。比如婴儿吃母乳为何比吃奶粉好、喝功夫茶与食管癌的关系、全脂牛奶和脱脂奶哪种比较健康、蛋黄与胆固醇的关系等等生活中的常见问题，在书中都能找到答案。此书不仅体现出钟教授在医学理论上通达古今，更反映出他博览群书，具有海纳百川的胸怀。在我们这些学生的眼里，导师经历了从专家变成艺术家，从艺术家上升到哲学家，再从哲学家升华到神人的阶段，离"圣人"只一步之遥了。

钟教授的极具人格魅力，医学见解独具洞见，对病人极具人文关怀，他的书对医者和患者都有启发价值，对人们理解生命与疾病是一次全新的解读，有幸读到这本书的人一定受益匪浅。

2018 年春节于北京

推荐序 3
我所知道的钟尚志教授

胡 冰

(第二军医大学东方肝胆外科医院消化内科
及内镜科主任、教授、博士生导师)

突接钟尚志教授的邮件,邀我为他的新书写序,这令我十分惶恐:钟教授是我的老师,学贯中西,名播海内外,这序怎么能轮到我来写呢?……可他就是这样一个从不按常理出牌的人。

钟教授是土生土长的香港人,多数香港人除了中文名字外都有一个英文名(Christian name,教名),他的英文名是Sydney,但与其他香港人不同,他特意将教名放在中文名之后,即"Sheung Chee Sydney CHUNG",似乎时刻在提醒人们,他是个中国人。钟教授对祖国怀着深厚的情感,上世纪八九十年代,他看到内地医疗水平还十分薄弱,不辞辛劳地到各地讲学和做手术示教,足迹踏遍了祖国的东西南北。他在自己的医院建立了高级治疗内镜培训基地,专门接收来自内地的年轻医生。当年那些受训者多是首次来到香港,正式接受了规范的培训,现在他们中的绝大多数已成为内地消化界的中坚力量,担负起学界的领军角色。1997年香港回归时,钟教授在一次学术活动中一改常规,不是发表医学讲座，而是讲起了香港的历史，他收集了大量珍贵的老照片，用详实的资料娓娓细述香港的变迁，爱港爱国之情溢于言表。

钟教授在香港大学读完预科后，1974年考入爱尔兰皇家外科医学院接受医学教育，1980年以全年级第一的成绩毕业，回港后在广华医院外科工作。1984年加入刚成立的香港中文大学医学院，一直从事消化外科的工作，同时大力拓展内镜微创技术。上世纪80年代末，他率先在香港开展了腹腔镜胆囊切除手术，成为整个大中华区开展该手术的第一人。随后他遍访中国各地及亚洲各国，为腹腔镜技术在本地区的推广做出了杰出的贡献，赢得了"香港微创手术之父"的美誉。1994年，三十九岁的他升任外科教授，成为香港中文大学最年轻的讲座教授。1999年当选中文大学医学院院长，任内大力推动课程改革，深得学生爱戴。钟教授在消化性溃疡出血方面做了大量开拓性工作，他是世界上最早报道内镜下注射止血的学者，也率先发现了幽门螺旋杆菌感染与溃疡的关系，他所带领的团队在国际上发表了多篇前瞻性的研究论文，这些原创性工作已成为多个现行国际指南的依据。2003年他带领全院同仁，奋战在抗击"非典"的最前线，由于率先向媒体披露疫情已蔓延至社区而为广大市民称颂，当年获颁《星岛日报》"杰出领袖奖"。2004年事业处于巅峰之时，钟教授毅然辞去了香港的所有公职，只身远赴南太平洋岛国巴布亚新几内亚，出任当地医学院的外科教授，在极其简陋的条件下帮助当地开展了医疗工作。钟教授曾创建了亚洲内镜与腹腔镜学会（ELSA）并担任首任主席，还曾担任香港中华医学会副主席、香港消化内镜学会主席、亚太消化内镜学会秘书长，也曾担纲香港外科学院主席和香港医委会执照委员会主席等职。

我与钟教授结缘于1994年春天，在北京召开的一次学术会议上，我首次在大屏幕上看到了钟教授做内镜手术，那种出神入化的娴熟技艺令我十分惊讶，当时想如果能有机会跟钟教授学习就好了，没想到这一梦想很快就实现了。当年9月我首次来到香港威尔斯亲王医院进修，短短三个月的学习让我茅塞顿开，钟教授谦逊儒雅，博学多才的个人魅力也给我留下了深刻的印象。随后我多次到香港参加他主办的内镜年会，这个具有国际一流水准的年度盛会成为我们最初了解世界的窗口。2002年，我再次来到香港中文大学，师从钟教授攻读博士学位，钟教授为我选的研究课题是开发一种新型的内镜缝合器械用于治疗消化道出血。钟教授从外科使用的弯形针和灵巧的鹰爪中获得灵感，设计出一种内镜缝合器械，EagleClaw，这种缝合器能随软式内镜导入体内，准确捕捉胃内出血部位，稳妥完成缝合与结扎；目前这一器械的改进型（OverStitch）已正式面世，可用于多种复杂的内镜手术。我们的系列研究成果在2004年的美国消化病周（DDW）上引起了轰动，先后做了三场报告，包括在美国消化内镜学会（ASGE）的全体大会（Plenary Session）上演讲。钟教授力辞殊荣，坚持让我登台演讲，对于从未见过如此大场面的我而言无疑是极大的挑战。钟教授亲自为我修改幻灯稿，掐着手表帮我做彩排，纠正我的英文发音，还带我去会场勘查现场，帮我回答听众提问。这也是中国内地学者首次登上这一高水平的国际学术舞台，这一经历令我终生难忘。

钟教授爱好广泛，多才多艺，工作之余，他醉心于马拉松长跑、登山攀岩、帆船运动、深海潜水、高空滑翔、小号演奏……他的中国文学功底也十分了得，这在普遍接受西方教育的香港是不多见的。2007年他出版了自己的第一本随笔集《刀下留人——志在行医的日子》，书中收录了他行医二十多年的杂感随记，一经发行立即成为香港的畅销书，一再加印至十四版，不但登上中学生好书排行榜，还译成英文出版，取名"The Kindest Cut"。随后他又推出《刀下再留人》一书，书中充溢着鲜活生动的事例和机智幽默的语言，钟教授在展现自己心路历程的同时，也希望能启发有志青年，不畏挫折，勇敢追求理想。2012年简体字版《刀下留下》由生活·读书·新知三联书店在内地出版，亦获得极大的好评。近年来，钟教授还在报纸上开辟专栏，定期发表一些自己的所历、所见、所思、所感。

何其有幸，这本书我可以先睹为快，这是钟教授从近年新作中精选出的小品集，共一百篇，都与"医"有关，有行医中的奇闻逸事，有对医疗行为的深入思考，也有对疾病的科普宣教。文章短小精悍，篇篇睿智深邃，又不失风趣诙谐，读来妙趣横生，在不知不觉中获得教益，是不可多得的佳作，希望广大读者会喜欢。

2018年春

自 序

从巴布亚新几内亚回来后，多了属于自己的时间。适逢报章约稿，就开始了每星期的笔耕。我爱海，也喜欢天空，专栏就以"海阔天空"命名。题材是信手拈来，有学医、行医和教学时遇过的趣事，有驯狗、猎鱼、飞翔、美食等生活情趣，也夹杂了一些我对人生和医学的看法。这些文章，先后结集成《刀下闲情》及《刀下天空》两本小书，以繁体字在香港出版。

简体字版选取了以上两本书中有关"行医"的一百篇文章，辑为"严师高徒""病理浅释""悬壶偶拾""杏林纪事"四个部分，名为《刀下晴空》。希望这些小品，能让读者一窥外科大夫的内心世界。

人生在世，最宝贵的是时间。在香港当医生，习惯了争分夺秒的节奏。在巴布亚新几内亚行医三年，最大的收获是学会了放缓脚步，"退一步海阔天空"，能按自己的步调走路，只做自己想做的事，只见喜欢见到的人，只说心中想说的话，夫复何求？

钟尚志

严师高徒

人体解剖

解剖课，是令每一位刚入医学院的学生既兴奋又忐忑的科目。不了解人体结构，医学，尤其是外科，根本无法开展。在18世纪，英美的外科先驱，为了一窥人体的奥秘，竟要雇人到墓地偷取刚下葬的尸体。这是西方医学颇不光彩的一页，却为现代医学的腾飞奠定了坚实的基础。

我在爱尔兰皇家医学院念书的时候，解剖学是重头戏。一年级开学时，每组同学获分配一具尸体，每星期上两次解剖课；先从下肢开始，把每一块肌肉、每一条血管、每一条神经线、每一个器官逐一解剖出来，并要把它们相互的关系弄得一清二楚。解剖完下肢，轮到上肢；完成了四肢和胸腹，已花了一年。二年级再解剖头颈、五官和脑部，才算修完了解剖课程。

近年医疗科技飞跃，医科课程加入了生物科技、信息科技、沟通技能等许多新元素，同学花在解剖室的时间相对减少了。

当年解剖课的教授是退了休的老外科医生，助教都是正在进修外科的新扎师兄。他们要求学生对遗体毕恭毕敬，不容许我们在解剖过程中稍稍粗心大意。后来我才明白，他们想灌输给我们的，不光是人体结构，还有医生对病人身体的尊重和临床时小心谨慎的态度。

从书本、图谱或模型学习人体结构，比较方便省时，但总是欠了一份真实感。在解剖室凭观察学习，印象较深刻。学生也可以在解剖过程中，明白亲眼看见的事物才是最真实、最可信，以及每一个人都和别人有些不一样。这两点看似简单，但在我的行医生涯中是终身受用不尽的。

谨向立下遗嘱、捐出躯体来教育下一代医生的人致敬！

学艺

要学好一门手艺，要经历哪几个阶段？

初入外科的门槛，在病房什么都摸不着头脑，打个结都笨手笨脚。看到师兄断症准确神速，上手术台时有如斩瓜切菜，除了羡慕之外，更会怀疑自己的能力，不知何年何月才能上手！

然而，战战兢兢奋斗几年，操作多了，信心自然慢慢建立起来。这时候一不小心，就会染上"半桶水症候群"。说的是初考获外科院士的新扎师兄，春风得意马蹄疾，手术后出现的并发症往往最多，就好像刚考到驾驶执照的"新牌仔"，最易惹上交通意外。

再艰苦经营三五七年，临床上懂得了趋吉避凶，出事的机会自然大大减少，万一出现并发症也能从容处理。此时才真正算"满师"，可以独当一面了。

有些人资质特别高，或得名师指导，或有特别的际遇，学得一身过人的好本领。行内人都知道他的手术利落，自己或家人有事都会找他操刀。最难能可贵的，是师弟师妹碰到困难向他求助，救兵一到，三扒两拨就能把问题解决。这类高手不可多得。能胜任"补镬佬"的人（广东人称补救失误为"补镬"，"补镬佬"即有能耐替别人"执手尾"、处理并发症的高人*），在外科的同行中享有极崇高的地位。

要更上一层楼，就要在成功手术的基础上再创新猷，开创更有效的新手术，打造更令病人满意的新方法。最重要的，是要肯把好东西和同行分享，不可以秘而不宣以自肥。

如果能谈笑风生，不用自己上手术台，只是在一旁指指点点，就可以让尚在学艺的师弟师妹顺利学会新招数，这就是大师的风范了！

---

* 本书保留了广东话的表达方式，在括号中标注了普通话释义。以下皆同。——编注

误诊

"问病"是临床诊断的关键。医生要详细了解病状，仔细琢磨每个症状的发生和变化，因什么而起，有什么能舒缓，等等。有经验的医生单凭分析病情已能为十之八九的病人做出准确的诊断。检查、验血、X光、扫描等等都只是用作证实临床诊断的手段而已。

以急性腹痛为例，阑尾炎初期的症状是一阵一阵的腹部绞痛，数小时后转移到右下腹。胆结石引起的腹痛往往在吃肥腻食物后发作，痛楚逐渐加剧，数小时后始得舒缓。胃穿孔的病人或有溃疡病史，穿孔时剧烈腹痛突然来袭，漏入腹腔的胃酸和食物马上引起腹膜炎。

"问病"的要诀不在"问"，而在"听"。医生得耐心聆听，让病人描述病情的发展，切忌打断病人的话。病因的线索往往就在病人口中吐出。病人鲜有能扼要地说出病情。在繁忙的门诊部或急症室，遇上啰啰唆唆、说话总是在"游花园"（兜兜转转）的病人，是对医生的考验。但若未完全掌握整件事的来龙去脉就妄下判断，容易弄出"大头佛"（捅个大娄子，闯大祸）。

多年前有病人因在厕所跌倒入院。急症室医生见到病人额上淌血的伤口，匆匆缝了针就把病人送上脑外科病房，至病人在病房吐出一大盘鲜血才真相大白。原来病人有胃出血病史，如厕时发觉在排黑便，吃了一惊。失血、排便时憋了一下气、蹲下站起，加上受惊，令血压忽然下降，使他昏了过去。头是碰在洗手盘上弄穿的。

醉猫房

在医学院念书的时候，我不太热衷上课，但挺喜欢在教学医院的急症室流连。当年都柏林的人口不足五十万，但市内却有多间急症医院，按时间表轮流接收急症病人。每当轮到隶属我们医学院的医院收急症病人的日子，我就待在急症室。只要当值的师兄师姐不嫌我碍手碍脚，我便跟他们一起接收急症入院的病人，帮忙写病历、填验血单，间中被指派去做一些抽血、吊盐水、导尿或缝伤口的工作，就会心花怒放。

经急症室入院的病人林林总总，有肺炎发高烧的，有中风半身不遂的，有胸口剧痛心肌梗死的，有投河自尽的，有车祸的，有阑尾炎的，有因家庭暴力受伤的。爱尔兰人酷爱杯中物，每逢周末，急症室都挤满了因醉酒闹事打架的伤者，被人用啤酒瓶打得头破血流的，每晚总有十个八个。

大凡头部受伤的病人，要问清楚受伤时有没有昏迷，之后有没有呕吐，以评估颅内出血的风险。可是病人烂醉如泥，曾否昏迷实在说不清，呕吐是因为喝醉了还是脑受创也难以判断。急症室的护士长，对着堆满急症室的醉汉无法可施，只好把他们集中在其中一间房"观察"，待他们酒醒才让离去。

缝合头皮的工作往往被分派给我们医科生。烂醉的病人大都感受不到痛楚，很多时候他们连有否上麻醉都不知道。清理创口、缝针、打结等基本外科技术，就是当年在"醉猫房"（Drunk Room）学会的。

心有千千结

外科医生最基本的基本功，是打结。

一个大手术，动辄要用上几百个结。微丝血管出血，可用电凝止血，稍大的血管出血，要结扎后才切断。只要数百个结之中有一个松脱了，都可以引起大出血。

结扎血管最常用的结，是大家都熟悉的平结。外科医生必须学懂如何单手打结，最好是训练到左右手都能单独打结。手要轻，力度要恰到好处，在打结的过程中不能拉扯，以免撕裂血管，最后完成的结要四平八稳。在伤口表面的结容易打，若要在腹腔的深处打个保证不松脱的结，却要花一番苦功。

有志修读外科的实习医生，手边都有一卷线，一有空就不停地练习打结。打结可以用钳子，但没有手感，不及靠手指打结灵活和牢固。为了模拟在伤口的深处结扎，还要把线固定在小罐子内，锻炼用食指把结推到罐子里面。

手术时可用的线有多种。最不易松脱的是黑丝线。传统的猫肠线（Catgut，其实是用羊肠制成）可被人体吸收，但较易引起发炎。近年有林林总总的合成物料所造的线，强度和抗炎能力都比天然的物料优胜。

结打好后，剪线头的工作是助手的责任；线头留多长也要讲究。若伤口要拆线的，线头要留长些，该是两针之间的距离稍短一些。至于留在人体里的线头越短越好，事关留在体内的异物越多，发炎的机会越高。但线头剪得太短，结会容易松脱。

初入行时，上台替师兄们剪线头，总是战战兢兢，恐怕笨手笨脚会扯断缝线，或一不小心剪掉了刚打好的结。还记得当年为大师兄剪线，耳边不停的是"太长""太短""太长"的批评，最后终于鼓起勇气细声问："多长是最合适？"大师兄头也不抬，说："1.2毫米就差不多了！"

宾主之分

医科生讨论病例,每每喜欢二话不说就拿起 X 光片或扫描(CT 片),指着病灶指指点点。

在医学院习医的时候,我也常犯这种单刀直入的错误。如果导师是温文尔雅的内科奥德华教授,他或会轻拍我的肩头,说:"医生,请您先告诉我,病人到底有什么不舒服?"但若遇上急性子的外科哥连斯教授,就会被他一手抢走片子,如雷暴喝:"嗨!先报病历,再看 X 光片!"

从第一天走入病房,临床老师就反复叮嘱我们,看病要按部就班。问病情和身体检查最重要,是大前提。跟着才是验血、照 X 光、扫描等辅助检查。检查的先后次序也有学问:得从最简单的常规验血说起,才轮到复杂的、昂贵的及有侵入性的检查。在门诊看病,写入院记录、巡房时向上级汇报、写医疗报告、发表文章,都得按这次序,不得直捣黄龙。医科生由实习、驻院,到主诊医生,每天都反复按照这章程办事。年深月久,这种以病人为中心、从简入繁的模式,就成了医生临床思考的基础。

病人的病情是主,检验报告是宾。检验报告有正常或不正常的地方,都得凭着病人的临床表现来演绎及解读,不得僭越。如果X光片所显示的和病人的临床情况不吻合,医生脑海中的红灯就该闪亮,警号也该响起。首先要核实的,是有没有拿错了邻床病人的报告!

凌波微步

初上临床课，医科生要学习如何观察病人走路的姿态。很多时候，光从病人走入诊症室的步姿，就能猜到病因。

中了风的病人，掌管活动的大脑细胞受损，半身不遂，肌肉不受支配而变得僵硬，其典型的姿势是手肘弯曲紧贴着身躯，手握着拳，拇指收在掌中，走路时下肢挺直，并利用身躯的力量把瘫痪了的腿晃向前，足尖拖在地上，画个半圆。

帕金森症的患者，腰背弯曲，身躯向前倾，举步维艰，颤抖着细步蹒跚向前。下肢受伤或有病变的，走路时引起疼痛，身体就会自然而然地避重就轻，将重心从痛脚移到好脚。好脚负重的时间比痛脚多，看起来就有一脚高、一脚低的感觉。至于脑痉挛、脊髓神经受损、神经线被切断、遗传病引起的肌肉退化等皆会引起行动不便，走起路来的姿态各有不同。

以下是荤笑话一则。

话说三位外科医生在路边咖啡座谈天，马路另一边有路人一拐一拐地走过。

　　第一位医生说:"你看他揉着肚子,说不定是阑尾炎。"

　　第二位说:"不是不是!他走路时大腿张开,该是小肠气堕下!"

　　第三位说:"你看他一脸愁苦,肯定是痔疮脱垂!"

　　三人争持不下,只好一起横过马路,拦住路人说明原委,要搞清楚到底谁的诊断正确。

　　路人叹了一口气,说:"三位大夫的诊断都不对。我也判断错误:我本来以为只是气体,怎知原来是腹泻!"

身教

行医当然要掌握人体的生理运作、病理学、药物学等等的理论基础,但临床治病,归根究底还是要讲实战。手术拙劣、临床判断拖泥带水的外科教授,不论科研如何出色,发表论文如何汗牛充栋,只会被人家在背后耻笑为纸上谈兵,难以服众。上手术台时没有两三下"散手",压不住场,还讲什么传道授业?

习医的漫长旅程中,除了医术,还要吸收很多只可意会不可言传的东西。"尊重生命""病人福祉放第一""仁心仁术"等等,上医学伦理课时可以说得天花乱坠,但对学生的实际影响,远不如让他们在病房里亲身体验一下资深医生教授如何处理棘手的病例。

换言之,医学院里内科、外科、妇产科、儿科等等临床学科的教授,都要亲自上前线,肩负在病房照顾病人的责任。

那么,又要教学,又要临床看病,还要搞科研、写文章,时间够吗?

三十年前我加入刚成立的香港中文大学医学院外科系,第一天上班在簇新的、还未有病人的威尔斯亲王医院觐见老板。系主任李国章教授对刚考获专科头衔的我讲述在大学工作的要求,还说了一大堆鼓励的话,最后问我对新工作有什么不明白的地方。我说:"李教授,我知道要教学生、看病和研发新科技,但哪项比较重要?我的时间该如何分配呢?"老板哈哈一笑,说道:"教学八小时、临床八小时、科研八小时。一天不是正好有二十四小时吗?有什么问题呢?"

老鹰的眼睛

以下是香港中文大学医学院流传已久的逸事，年资够老的毕业生当有听闻。是否属实，未能考证。

话说教授带临床课，开宗明义地说："如要当个好医生，一定要培养敏锐的观察力，更要好好利用所得的资讯。"

"最关键的是听觉。你们或会以为用听筒听心跳、呼吸、肠鸣要紧，其实耐心聆听病人的故事更重要。鉴貌辨色，可诊出贫血和黄疸，很多不同的病也有独特的脸容。靠触觉诊断腹内病变是门大学问，以后得慢慢地学。嗅觉在临床诊断也有一定的地位：胃出血病人排出的黑便，有一种奇特的甜腻味，你们闻过一次就永远不会忘记。糖尿病发作时，呼出的气含有酮（Ketone），也是一闻就知道的。噢，还有味觉。哪位同学能提出味觉能协助诊断的例子？"

各人都面面相觑。教授从白袍口袋掏出一个小瓶子，内有浅黄色的液体。"据说糖尿病患者的尿液含有葡萄糖，是甜的。有谁愿意印证一下？"

　　大家都面有难色。教授勃然作色："你们连小小的牺牲都不愿意，怎能当个称职的医生呢？我来示范！"教授随即把手指放入小瓶内，然后用舌头舔了一下！

　　看着，小伙子们都瞠目结舌，当教授把小瓶递到面前的时候，都乖乖地依样照做。

　　临床课接近尾声，教授问："今天你们学到了什么？"他们说："学会了要为医学做出牺牲。""原来糖尿真的是甜的。""知道细心观察的重要。"

　　教授摇摇头："你们的观察力尚待改善！你们没看到，我放进瓶子的是食指，舔的是中指吗？"

内外全科

仍记得,当年未出茅庐的我,曾为毕业之后选修外科抑或内科煞费思量。

内科医生文静,爱动脑筋,最喜欢像侦探一样,对病情慢慢抽丝剥茧地仔细分析,再结合一丝不苟的望、闻、问、切而达成诊断。当年没有超声波、计算机扫描和核磁共振,能不能"断症"就全靠大夫的临床功夫和经验。

外科医生粗豪,要照顾的病例也是十万火急,很多时候,送病人上手术台的时候,诊断尚未百分之一百确定。但若迟疑不决,往往就会错过了开刀抢救的时机。

行内流传一个笑话:内科医生什么都懂,但什么都不干;外科医生只知干、干、干,但什么都不懂。

靠自己一双手,把病人抢救回来,成功感不可言喻;但若手术失败,挫折感同样强烈。

医生用药治病,而病情不受控制,可以说是"非战之罪";但手术出了纰漏，外科医生却难辞其咎。深夜反思，问题可能是一叶障目，做成判断错误，但有时却是因为一刀剖深了，甚至只因为一个结打得不够牢！

当年的外科医生，开胸、剖腹、钻脑袋，甚至接骨驳筋都是"一脚踢"。现在分工仔细，有心胸外科、神经外科、整形外科、头颈外科，光是腹部的就分成消化外科、肝胆外科和肛肠外科好几个专业。内科也分成心脏科、呼吸科、内分泌科、消化科、免疫科、血液科等等不同的范畴。

医生各专所长当然是病人之福。但身体不妥时，不一定知道到底是哪一个器官出了问题，应找哪一科的医生呢？最好当然是找一个能"眼观六路，耳听八方"的全科医生了。现在他们也有自己的专科，叫"家庭专科医生"。

听筒

挂在颈项上的听诊器，是医生的身份象征。当年还是医学生时，第一次拿起属于自己的听筒时那份雀跃，至今仍清楚记得。

听诊是临床诊断的基本功夫。扑通、扑通的心跳声，是心瓣关闭时发出的声音。凭着心跳的节奏、声音的大小和血液流过心瓣时发出的声音，有经验的医生就能知道心脏是否出了问题，甚至能判断哪一个心瓣不妥：是心瓣狭窄令血液不能顺畅地通过，还是心瓣关不牢让血液反流。

要听诊准确，光靠一个昂贵的听筒是不行的。病人的体位、坐姿、呼吸亦要一丝不苟。医生拿听筒的手势，是用听筒钟形的一面还是带膜的一面，是轻轻放在胸膛上还是稍加压力也要讲究。最要紧的，还是经年累月积聚的临床经验。

位于伦敦 Hammersmith Hospital 的皇家医科进修学院（Royal Postgraduate Medical School）在 20 世纪 70 年代是英国医学的少林寺。我念书的时候有幸在那里进修心脏科。带我的是蜚声世界的

小儿心脏专家史密夫教授。她满头花发,不修边幅,如果不是挂在她颈上的专为小儿听诊用的红色小听筒,真会以为她是病房管茶水的阿婶。

史密夫教授叫病人坐起、稍微向前倾,指着胸骨右面并吩咐我:"让他呼气,再听这里。"我知道这是聆听主动脉瓣反流的标准体位,但却怎样也听不到那心脏舒张期出现的高频杂音。

"老太婆的听觉不会比年轻人好。扑通呵、扑通呵,这'呵'我能听到,而你听不到,肯定不是因为我耳朵比你灵,而是因为我知道我要聆听什么,而你却不清楚怎样去听。年轻人,这是水磨功夫,努力吧!"史密夫教授目光如炬。

近年来听筒已逐渐沦为医生身上的饰物。随便把听筒在病人身上印两下,甚至连耳筒有没有放进耳朵里也不太在意,这不是听诊,这是敷衍,是装腔作势,是"扮嘢"(装样子)!

剑胆琴心

同学们常问:"想学外科,但担心我的手不够巧,怎么办?"

我的外科启蒙老师、爱尔兰籍的高伦教授,当年喜欢告诫还在医学院的我们:"外科医生要有老鹰的眼、雄狮的心和贵妇的手(eyes of an eagle, heart of a lion and hands of a lady)。"

外科病人病情变化多端,病人情绪轻微的变化、脉搏稍稍上升、引流管里的液体颜色小小转变,都可以是手术后并发症的先兆。还记得当年教授星期天查房,一进病房翘起鼻子闻了闻,就跟护士长说:"亲爱的,快快看看是谁的伤口得了气性坏疽,这不是开玩笑的哪!"[1] 经过多年的历练,我也能一闻到便血那种甜甜的血腥味,就知道病房里有消化道大出血的病人。

外科医生往往要在诊断还不是完全明确时就要做出开刀的决定。近年虽有超声波、计算机扫描、核磁共振等科技协助,但急

---

[1] 气性坏疽(Gas Gangrene)是因一种厌氧性芽孢杆菌入侵肌肉,产生毒素和气体,不马上处理极易致命。气性坏疽多发生于战场上的创伤,和平时期极为罕见。

性腹痛病人是否要剖腹探查始终是要靠临床的判断。要等到病情完全明朗化极可能已错过抢救时机。

和观察力、判断力比较，天生一双灵巧的手并不是最重要的。只要肯下苦功，技术是可以锻炼出来的。我还记得多年前家母曾语重心长地和我说："阿志，你咁论尽，点做外科医生呀！（阿志，你这么笨手笨脚的，怎么做外科医生啊！）"其实，最要紧的，是承受压力的能耐。手术不可能每次都顺利。手术失败，病人在手术台上身亡，或因术后并发症不治，挫败感同样强烈。

希巴女王

每当有大人物入院，总会有从不同渠道打来的电话来关照，千叮万嘱，要求特别留意，提供特等的、最好的照顾。

够"道行"的主治医生听到这种要求，会唯唯否否，但实际的诊治，却会严守平日的常规。"常规"是一贯行之有效的办法。如果因为病人是大人物，特意"加多两钱肉紧"，为邀功而开出最新的特效药、动用刚开封的新仪器，或采用尚未十分成熟的技术，都是"阿茂整饼"（没哪样就做哪样，意为没事找事），只会令事情更复杂，是并发症的渊薮！

当年我在都柏林念医科，在当地的圆顶医院（Rotunda Hospital）修妇产科。医院位于贫民区，病人都是附近的升斗市民。为了方便实习，我们都住进医院的宿舍。

我们的导师是丹咸教授，是典型的爱尔兰人。他喜欢在晚餐后查房，顺便替我们上临床课。

病人是位少妇，病情较复杂，当丹咸要我们提出治疗方案时，

同学们七嘴八舌,各执一词。

坐在少妇床缘的丹咸浓眉一展,湛蓝的眼睛向同学们脸上一扫,最后停在从印度来的马臣脸上。

"如果她是希巴女王(The Queen of Sheba),你又会如何治疗?"大家都静了下来。

马臣吸一口气,说出了他心中最详尽、最完善的治疗方案。

"好!我们就这么办!"丹咸教授声音像雷响,"记着,每一个病人都是希巴女王!"

从神坛走下来

当年教授巡房是病房里的大事。大清早护士长把病房收拾得一尘不染，病历牌板叠得整整齐齐。一众医生穿着熨得笔挺的白袍，恭候教授出现。场面仿佛是大官出巡，只差鸣锣开道而已。

巡房时报告病历和病情讨论，全是英语对白。当年广华医院三等房的病人，大都来自草根阶层，懂英文的不多。犹是如此，一些敏感的词汇还是要用代号：癌症不能说 cancer，要说成 mitotic lesion（细胞分裂病灶）；梅毒不可以直言 syphilis，只可用 luetic disease 来表达；肺痨菌是 acid-fast bacillus 而不是 TB 等，务使躺在床上一脸茫然的病人如堕五里雾中。

我在中文大学当医学院院长的时候，外游时染上了戊型肝炎，病得奄奄一息，不得已住进威院。肝炎的主要症状是疲劳和浑身无力，我只能躺在床上，要动根小指头都觉得累。我的主诊医生是当时掌管内科的沈祖尧。昂藏七尺的沈教授在我床边一站，我才明白什么叫渺小！

师弟妹们向我诉苦,说和病人及家属谈话总是有如"鸡同鸭讲",病情交代了多次还是一知半解,细心的叮嘱老是被病人当作"耳边风"。

寄语师弟妹们,下次和病人说话时,试试不要站在床边。找把椅子坐下来,包保会有意想不到的收获!

三师

老一辈的香港人望子成龙，总希望儿女努力读书，长大后能跻身专业人士行列。

"三师"指建筑师、律师和医师。当年还未有国际金融、精算师等行业。

我自幼儿园开始美术就不及格，父母一看我的涂鸦，就知道建筑这条路绝对行不通。

我从小喜欢看书，文科成绩比理科好，数学、物理总是拉牛上树；历史、地理却漫不经心就能过关。少不更事的我口无遮拦，喜欢在家庭聚会时和叔伯长辈们"诸多辩驳"。妈妈曾在律师楼工作，她提议："不如学法律吧。"

老爸却不以为然，他经历过香港沦陷、只身走难的颠沛流离。他说："还是学一门实实在在的手艺傍身较稳当，任何地方都需要医生，懂得治病疗伤，就算这世界怎么乱，也不会饿死！"老爸在抗战时曾染上伤寒，幸好碰上一位好医生，几颗特效药救了他一命。

医学院的课程是漫长和艰苦的,期考、升班试、毕业试、专业试要过五关斩六将。实习和培训时夜以继日地当值,但靠心中的一团火支持着,on-call 三十六小时仍乐在其中,只因外科实在太具挑战,手术成功时的成就感非笔墨所能形容。

到了被称为"最后的蛮荒"的巴布亚新几内亚,才真正体会到老爸当年一番话的真谛。原来在最无法无天的地方,外科医生最吃香,刀伤、枪伤、矛刺、斧砍、骨折,林林总总的意外都要靠动手术来救治呢!

一万小时

作家马尔科姆·格拉德威尔在他的畅销书《异类》(Outliers)中提出一万小时定律(10 000 Hour Rule)是成功的基础。格拉德威尔认为,天赋不足时,要出人头地,便要有天时、地利、人和的配合,但最重要的,还是要靠坚持及磨炼。

音乐神童莫扎特五岁开始作曲,但他的传世之作都是成年以后的作品。最为人熟悉的《小夜曲》(Eine Kleine Nachtmusik),是他三十一岁时的创作。届时莫扎特已浸淫于音乐世界远超一万小时。

大家都知道计算机奇才比尔·盖茨于哈佛大学辍学后建立微软,创造了神话。不广为人知的是盖茨于十三岁时开始借用学校的计算机终端机,焚膏继晷地写程序;入读哈佛时已是有超过一万小时实战经验的计算机软件专家。

披头士乐队于1964年在美国巡回演出,一炮而红,风靡全球,成为历史上最受欢迎的乐队。成名前,乐队曾在德国汉堡红灯区的酒吧驻场演出，每周七天，每天八小时。据统计，1964年之前，披头士已公开演出了1200多场，算起来差不多也是一万小时。

要成为外科医生，医科毕业生在完成实习后要接受历时六年的专科在职培训；完成了培训，通过院士考试，理论上就叫"满师"。可是若要在手术台上挥洒自如，独当一面，过来人都认为起码要有十年以上的功力。

外科医生工时长，一星期要拼搏七八十小时不足为奇。撇开查房、看门诊以及有关文书、会议的时间不算，每天真正在手术台上的时间（包括急症手术），平均来说只有两三小时。

屈指一算，磨剑十年，恰恰就是一万小时。

蜘蛛图

一位中学同学告诉我，经常做噩梦，梦中考试时对着试卷，脑袋一片空白，惊醒时一身冷汗。我这同学已年届六十，退休前是政府高官，但仍未能摆脱四十多年前的阴影！

相信大家都试过考试前夕、最后冲刺的时候，脑袋进入麻木状态，笔记刚背熟了一页，之前的一页又忘掉了。

医学院的课程出名繁重。在爱尔兰上医学院的第一天，校监给我们每人派了一本像支票簿的本子，原来每报考一个学科，要交一张"报名单"。预备班（Pre-med）要考物理、化学、生物三科。一、二年级要考解剖、生理、生化和心理学。三年级则考病理、药理和微生物学。四年级则是儿科、妇产科、精神科及公共卫生。五年级除了内科及外科是重头戏外，还有麻醉、眼科及耳鼻喉科。整本"支票簿"用完，所有考试合格，才能毕业。我自问资质不算聪颖，记忆力也不是特别强，望着那本厚厚的考试报名单，不免忐忑。

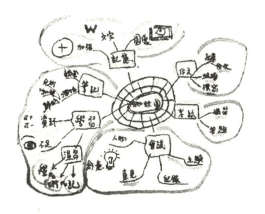

我喜欢逛书店,偶然在书架上拾起一本关于思维导图(Mind Mapping)的书。那本书完全改变了我读书、温习和做笔记的方法,自始在大小试场上过关斩将,未逢敌手。那本书的作者托尼·布赞指出,我们的思维和记忆不是单向的,而是立体的。要把知识化为己有,先要弄清楚每一条资讯在整幅画图中占的地位。布赞认为传统抄笔记的方法有很多不足之处。他提倡"蜘蛛图"(Spider Diagrams)式的笔记法,用一张 A3 纸,以鲜艳的颜色把关键字串起来。一眼看下去,就是整个课题的鸟瞰图。

画蜘蛛图的过程,极有助加深对课题的了解。有了鸟瞰图,温习起来更驾轻就熟。主持会议、起草文章、准备讲词,蜘蛛图都大派用场。

公开演讲

巡房的时候,我总是喜欢让医科生来报告病历。较腼腆的师弟师妹,尚未开口,已经口干舌燥、脸红、心如鹿撞,耳朵只听到自己如雷的心跳声,先前背熟的病历忘得一干二净;又或声线提不起来,说话像蚊子,站在他们面前侧耳也听不清,在后排的同学就更不用说了。

要克服在大众面前讲话的方法只有一个,就是多练习,把握每次表演的机会。八大山人朱耷说得好,"必频登然后可以无惧"。登山、作画、演讲都一样。所以,别以为师兄师姐有特异功能,可以不经意地出口成章,那是他们经过多年艰苦磨炼的成果。

准备演讲,先要写好讲稿,抄在卡纸上背熟;最好能讲一遍给师长或好朋友听,之后删改再抄再背。演讲最忌读稿,能不看讲稿最好,卡纸可放在口袋里为自己壮壮胆。演讲时,要和听众有眼神接触。你可挑一位面容和蔼的听众,注视着他,就像向他说故事一样,讲话自然有说服力。

我的老师奥马理教授嘱咐我，等待上台的时候，坐姿要平稳，两只脚板要规规矩矩地踏在地上，切不可跷脚，不然腿麻了，在台上站不稳就出洋相。

　　值得一提的，是在病房报告病历、在部门的会议上作报告、在本地或国际研讨会上发表研究，都是医生工作的一部分，而能运用流利的语言发表意见，是最基本的求生技能。英语不是我们的母语，要用英语表达，难度更高一层。可是，国际医学交流都是用英语，医学专业考试也得用英语，英语这个难关再难也得突破。

传功授业

在医院从事教学工作近三十年,我教过数不清的护士学生、医科生、实习医生、研究生和专科医生,也举办过数不清的培训班及工作坊,但从没有正式学过如何教学。

尾随着教授巡房的医科生,是病房里最低等的动物。教授板着脸孔,高高在上,偶尔抽问学生一两个问题。学生的答案稍不中意,随之而来的不会是温婉的循循善诱,而是极不留情的责骂,或者是更令人难堪的奚落。

人命攸关,老师该要求下一代医生一丝不苟,但临床教学时的气氛太紧张、太严厉,令初入病房的同学们惶惶不知所措,内向的同学甚至惊得连话也说不出来。

学潜水时,我有机会观察教练如何培训新晋潜水员,才悟到传统的以恐惧为动力、以考试肥佬(考试不合格之意,肥佬即 fail 的谐音)为驱策的医科教学,不是最有效的学习模式。现代的教育,要求把课堂的重心从老师转移到学生身上。每一堂课都要订下学习目标，教学焦点不在于老师教得如何或教材是否完善，而在于学生在学习后，其处世方法和态度有否改变。研究发现，学生亲自动手，学到的远比坐定定听课多得多。

我参加了连续五天在东帝汶举办的抢救外伤病人的学习班。东帝汶是新独立的国家，教学资源匮乏，当地医生都通土话、马来文或葡萄牙语，英语却很有限。课堂上是鸡同鸭讲，但以客席教授作为临床实习的模型，教学效果却似乎不差。

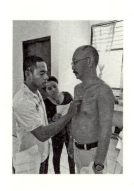

缝纫班

远在加勒比海的古巴为刚独立了十二年的东帝汶培训了八百多名医生。近年新扎师兄师妹陆续回国,如何令刚从医学院出来的一群新人在社区里好好发挥作用,令当地卫生当局煞费思量。

手术后的刀口要缝,外伤的伤口要缝,产后会阴撕裂也要缝。基本的缝针技巧,对在社区诊所服务的医生极为重要。然而,偏远地区的诊所,设备不一定齐全。在东帝汶首都帝力(Dili),也找不到用来训练缝针的塑料模型。

我在新几内亚待过三年,懂得一些旁门左道的土法窍门,就是没有手术用的缝线,可消毒钓鱼用的尼龙鱼丝取代。当地的修女并且是外科大夫的 Sister Joseph 告诉我,缝皮肤可用 6 磅的鱼丝,缝腹部的肌肉层就要用 12 磅的。

把鱼丝穿入注射用的空心针,用钳子把针压扁,再把针曲断,就成为可媲美手术用的专业缝线"针连线"。这是茉莉姑娘在莫尔兹比港总医院手术室弹尽粮绝时教我的救命招数。

刚熟的香蕉，蕉皮的质感和皮肤差不多，正好充当皮肤，用作缝针教学。我当年在爱尔兰习医时，就曾用蕉皮来练习。位于热带的东帝汶，香蕉比在爱尔兰的便宜得多，一块美金就有一大串。我在当地虽然语言不通，但按照"看一遍，做一遍，教一遍"的原则，演示给医生 Dr. Todi 一两次，就把传功的责任交给他，然后袖手旁观，看着一班医生、护士和助产士拿着蕉皮缝个不亦乐乎。

至于伤口如何处理才能避免感染、什么伤口不能缝针、何时可以拆线，却不是三言两语可以说得清楚的了。

KISS

第四次到东帝汶，任务是替将完成培训的准外科医生补习，帮助他们准备外科文凭考试。

别的不敢夸口，考试确实是我的强项。医学院大大小小的考试及外科的专业考试都是过五关斩六将，而潜水资格、船牌及滑翔伞飞行执照也是一次通过顺利考到，只有在考电单车执照时屡遇滑铁卢，路试要第四次才通过。

那次考生只有三名：雷蒙在斐济群岛医学院念医科，祖儿及亚布在古巴习医。距离考试只剩一个月，要把外科全部课程重新教一遍是不可能的，只能选考试最常遇到的问题复习。事急马行田，我决定以传授考试技巧为这次教学的重点。

我为三位准外科大夫放的第一张幻灯片是孔雀开屏，提醒他们考试是表现实力的时候。临床考试着重口试和对答，讷于言而敏于行是正确的工作态度，但临床考试时要主动，把本领展示给考官看。

第二张幻灯片是接吻的照片。KISS 即是"keep it simple, sweetie",凡事要从最简单开始,抽丝剥茧,由浅入深。报告病历要有条理,从病者的症状开始,接着是检查身体的发现,然后才轮到实验室的检验报告及 X 光结果;只顾验血报告而忽略了病人是本末倒置。回答问题,也应先讲述最基本的、大家熟知和认同的基本原则,最后才提到最新的理论和发现。

每当考生不按牌理出牌,我就会摸摸嘴唇,提醒他们要记着 KISS 原则。离开东帝汶的时候,"keep it simple, sweetie"已成为三位准外科医生的口头禅。

手把手

"内镜下逆行性胆胰造影术"（Endoscopic Retrograde Cholangio-Pancreatography，ERCP）说起来很累赘，手术的操作也挺不容易。先要把一米多长的胃镜从口伸入十二指肠，然后以镜内的导管，通过胆管进入肠道的括约肌；插入胆管时，注射一些造影剂就能在X光的透视下看到胆管的结石，然后用电刀把括约肌切开，再用网篮把石头抓住，取出。如此不用开刀，病人没有痛苦，翌日便可出院。

这是个难学难教的技术，稍有偏差，出血、穿孔、胰腺炎等可致命的并发症就会出现。整个手术的关键是如何把导管插到胆管里。据欧美国家的研究，操作者要累积两百例以上的经验，才能把内镜运用自如，达到90%以上的成功率。

中国人胆道结石的发病率高。据中华消化内镜学会李兆申会长的估计，全国每年有超过140多万人需要做这种手术，但全国精于内镜胆道取石的医生有限，以致每年能完成的只有10多万例。而国内的医院要引进"内镜下逆行性胆胰造影术"颇不容易,因为初起步时,病人不多,医生不易积累经验。在医患关系紧张的环境下,一旦有并发症,更是荆棘满路。

我曾在仰光参与一个别开生面的"手把手ERCP培训班"。来自当地的学员,在导师指导下操作,遇到困难有导师点拨,不成再由导师接过镜子完成手术。如此,学员较易掌握操作的窍门,病人也不用蒙受不必要的风险。

"手把手"的概念从何来?是古典音乐的大师班(Master Class)。

巧手

在网上看到一段颇有趣的影片,讲及日本的仓敷中央病院医师教育研修部,为了在医科生中选拔未来的外科医生,设计了别开生面的甄选测试。测试分三部分,每部分都要限时完成。第一部分是要用纸折成5毫米大小的纸鹤。第二部分是要重组被解剖了的昆虫。第三部分最具挑战性,是要以紫菜、鱼生、海胆等寿司的食材,制作一粒米大小的微型寿司。看着电子计时器一分一秒地倒数,参加的年轻人手忙脚乱,我不禁为他们捏一把汗。

以前麻醉的风险高,做手术要争取时间;快刀斩乱麻造就了外科医生粗豪的形象。近年麻醉学有极大进步,全身麻醉已极为安全,外科医生再不需争分夺秒和时间争斗,可以从容地慢工出细活。随着微创外科的兴起,外科医生要有更细腻的眼手协调。在入行之前,先评估有志修外科的同学的手巧不巧,未尝不是好事。

极少数人天生有一双巧手,一上手术台,手势就干净利落;同样,极少数人的眼和手完全不协调,拿着解剖刀和止血钳总是笨笨拙拙的。但绝大部分的外科医生，包括我，娴熟的刀章是靠苦练得来的。

个人始终认为，仁心比仁术更重要。一个手术是否成功，开不开刀和施哪种手术的决定、时机的选择、手术前的准备、手术后的监护，往往比手术台上的几十分钟更重要。环顾左右，有一双巧手的外科同事比比皆是，但如果我的家人要动手术，该托付谁呢？

形象

升任教授，是每一位大学教员的梦想。

英国和美国的制度不同。美国的大学教员入职就是教授，由助理教授（Assistant Professor）升至副教授（Associate Professor），再升到教授（Full Professor）；教授的职称可能不及医生或博士（Doctor）馨香。香港沿用英制，由讲师（Lecturer）到高级讲师（Senior Lecturer），再到副教授（Reader）。而荣升讲座教授（Chair Professor），是学者毕生事业的高峰。

在医学院，临床科目的老师大多是医生。他们既要诊治病人，又要主持研究计划。评审他们可否升职，要综合考虑教学、临床和科研三方面的表现。

哪位老师教得好，学生的眼睛是雪亮的。谁的医术最精，同事之间也心里有数。但教学的热诚和临床的技术没有客观标准，不如科研成果可以靠发表论文的数量来量化。有些同事极受学生爱戴，临床医术精湛，医学研究也有声有色，只是拿起笔来有如千斤重，以致发表的文章不多，被评审的时候难免吃亏。大学的残酷现实，就是"Publish or Perish"，不出文章，就得卷铺盖！

其实，在评审教授时，除了以上所说的，评审委员还会考虑一样在评审标准里从没提及的，但大家都心照不宣的重要事项，就是所谓的 Good Citizenship，姑且译作"抵得谂"（有雷锋精神，不怕吃亏，肯为大众服务）。一天到晚只顾自扫门前雪、从不肯吃亏、有事不肯挺身而出的，很难得到评审委员的支持。

当年我年轻，一心满以为以上四样都早已超额完成，怎知在评审教授时竟然屡战屡败。我不服气，找老板理论。

"睇下你个猫样，畀件龙袍你着都唔似太子，点升教授呀！（瞧你这个熊样，拿件龙袍给你穿都不像太子，怎么升教授呀！）"老板点醒我。

又是道理！

投诉

我第一次被病人投诉,是在爱丁堡当实习医生的时候。

事隔三十年,仍然历历在目。

第一个反应,是怒火中烧:你这个没良心的,如果我那晚不是守在你床边,数次把你从鬼门关拉回来,你哪有命写投诉信?竟然因为没有救护车送你回家这样鸡毛蒜皮的事投诉我?(当时我认为他已复元,可以自己乘计程车回家。)

很快愤怒就变成担忧:我还未取得正式的行医资格,会不会功亏一篑?实习之后我还想继续培训,会不会影响我晋升的机会?同事们会不会因此对我这个初来乍到的黄脸孔有了看法?

幸而当时的老板安达臣医生明白事理,替我挡住医院行政部的责难,也没有要求我写自白书。大师兄当奴开解我:"别气馁,这世界就是这样不公平的。说不定下次有出了事故的病人表扬你!"

数年前,于午膳后微服经过威尔斯亲王医院门诊部的候诊室,无意中听到有位病人口沫横飞:"我梗系投诉佢啦,一投诉,唔使等，重可以睇到大医生！（我当然要投诉他啦，一投诉，不仅不用再等，还可以看到大医生！）"病人联络主任（即医院处理投诉的护士长）为了息事宁人，通常都会对来投诉的病人做出一些让步。但这一来，又怎不令前线医护气苦！

巴布亚新几内亚医院医疗资源匮乏，医院的效率也实在不敢恭维。医生、护士经常无故旷工，实验室、X光室的服务也时有时无。排好了的手术，也经常因药物、热水、氧气等供应不上而取消。但当地的病人却太过"乐天知命"，鲜有怨言。医院并未设立投诉部门。当地的两份报章，亦极少报道医疗事故。

我那时在想："如果病人多点投诉该多好！"

教学相长

有志学医的小朋友问我,念医科是否很辛苦、是否很多资料要强记?

人体的结构和生理运作相当复杂,可以患上的病又林林总总,诊断和治疗的方法更日新月异。要弄清楚这副精密的机器出了问题时如何修理,的确是要下一番苦功,但却绝不表示要一天到晚躲在图书馆死啃书。

同学们最害怕的,是要读、要记的东西太多,怕脑袋装不下!这也说得有道理,只靠死背强记肯定吃不消!

要读书读得"通",最要紧的是搞清楚今天要学的材料,到底在整个大图画中占什么位置,和以前所学过的、甚至将来要学的有什么关系。医学院一、二年级的师弟师妹,初时难免会觉得学海茫茫,要"知碇"谈何容易!但经过慢慢积聚,就如拼图游戏一样,一旦轮廓勾画了出来,就会越拼越快,越拼越有兴味。到了这时候,学习就不再是苦差,而是享受了!

心理学家告诉我们，记忆可分为"短期记忆"和"长期记忆"。短期记忆（例如新相识的朋友刚告诉你的电话）转头就会记不起来，但长期记忆（例如自己家中的电话）却印象深刻，不易忘记。

要把短期记忆转成长期记忆只有一个方法，就是"重复"。

光是反复对着课本和笔记来念不足够。朗读、抄写、做读书札记，都是好办法。这样可以利用听觉、视觉、手感和回想等种种不同的渠道来加强印象。

读书最有效的方法，就是把课题向同学们讲解一次！

"学然后知不足，教然后知困。"准备教材，能够逼自己加深对课题的了解。自以为已了如指掌的课题，一旦要在他人面前讲解，又会发现许多从前没有发觉的盲点。

自己讲过的课，会深深地存进"长期记忆"的仓库里，化了灰也不会忘记！

一团火

到学校为学生讲课,同学们最常提出的问题是:"要当一个好医生需要什么条件?"

子女有意习医,相信大部分家长都会鼓励。饱经战乱的老爸,当年曾对我说:"学医好,世界怎样变也不用愁没饭吃!"

医学院门槛高,同学们都担心自己的成绩能否达到医学院的入学要求,但更重要的,是要考虑自己是否有条件当个好医生。

医学院的功课诚然繁重,但都是水磨功夫,不需什么天分。能跨过医学院的门槛的,只要肯下苦功不放弃,不用担心被"踢出校"。

"男怕入错行,女怕嫁错郎。"现今医学院的男女比例是1∶1,师弟师妹们都要认真想想是否能以"悬壶济世"作为终身事业。

"仁心仁术"是候诊室里挂得最多的牌匾。行医最重要的是医德,还是医术?

光是一片好心,但医术不济,是庸医。金庸在《笑傲江湖》

里说得好,"庸医杀人,多于刀剑之下"。

医术通神,但只顾私利,不以病人的福祉为依归,在病人和家属最无助、最彷徨的时候敛财,更令人齿冷。

比医术和医德还重要的,就是心中的那团火!

这团火是什么呢?

就是激情,就是爱心,就是对生命的执着,就是"为人民服务"的信念,就是"乍见孺子将入于井"的恻隐之心。

就是这团火,鞭策我们在通宵当值后、疲不能兴时仍坚持到病房查房;就是这团火,令我们为每个垂死的病人奋战到最后一口气。

在现代社会的大都市,生活的节奏越来越快,人与人之间的关系越来越疏离。当医生的,在"医疗事故""医患纠纷""临床指引"的重压之下,容易迷失方向,变得很会保护自己,很机械,很冷漠。

要保持心中那一团火不熄灭,才能维持对专业的执着、对病者的热诚。这是当今为人医者面临的最大的挑战。

病理浅释

眼前一黑

很多疾病都可以令人昏迷。中风、心脏病、癫痫、血中毒、血糖过低或过高、药物反应、肾衰竭、休克等,数之不尽。

最常见的晕厥原因是血管迷走性晕厥(Vasovagal Syncope)。相信大家都曾试过在浴缸泡热水浴久了,一下子站起来,会有脚步轻浮的感觉。这是因为热水令皮肤的血管扩张,站起来时血液聚向下半身,供应脑袋的血液不足之故。而在烈日下站岗时倒下的士兵,则因站久了,腿的肌肉没运动,不能把血液泵回心脏。

有些人怕血,见血即晕,这是因为情绪激动时,迷走神经(Vagus Nerve)的信号令心率减慢,也令血管扩张(Vasodilatation)。血液流通慢下来,供向头部的血流不足,先是"面青口唇白""冒冷汗",然后是眼中的事物逐渐变暗,跟着就不省人事倒在地上了。身体状况欠佳、太热、缺水、肚饿的时候,特别容易晕倒。

晕倒在地上之后,输向头部的血液不用和地心引力角力,一会儿人就会自然苏醒。此时若强行把晕倒了的患者扶起,是倒行逆施；反而稍稍把患者双脚抬起，有助血液回流。再让患者躺一会儿，待他恢复神志，稍为休息，慢慢再起来也不迟。

可是，如果患者嘴脸变蓝，呼吸和心跳停止，那就要马上开始急救，进行人工呼吸和心脏外压了。

让子弹飞

枪械的杀伤力,在于弹头的速度。

中学时念过物理的朋友,都知道牛顿定律和动能 $E=\frac{1}{2}mv^2$ 的方程式:一个移动物体的能量会随着速度的提高而迅速增加。

气枪、手枪、鸟枪等是低速兵器,破坏的范围限于子弹穿透的地方,杀伤力较小。来福枪及 AK47、M16 等自动步枪,是高速兵器。弹头速度接近每秒 1000 米,进入人体的创口很小,不留神随时看不到,但是出口可能是碗大,被子弹穿过的地方受损不用说,周围几厘米的器官和肌肉都会坏死,因为弹头击中人体时在体内迅速减慢,释放大量能量。

要救治受枪伤的病人,除了急救、止血之外,关键是探查组织受损的程度,修补被破坏了的器官和切除坏死了的肌肉。坏死了的肌肉是细菌繁殖的温床,不彻底切除,会引起致命的感染。

至于弹头,能取出便取出;藏在深处的,只要不影响主要的器官,不必刻意找寻。散弹枪(鸟枪)像仙女散花般布下的小铅珠，取也取不清。人体的组织会把弹头包裹起来，相安无事，如果强行取出，往往造成更大的伤害。取出枪弹时要小心，不要让弹头被手术钳刮花；弹头通过枪膛时造成的坑道，有助于警方锁定凶器。

值得一提的，是这类伤口不能缝合，只能等到炎症消退后，肉芽长出来慢慢自行愈合；复元时间比较长，疤痕也不好看，但在保住性命的大前提下，也顾不得这些小节。

在西部片中，男主角中枪，先喝一口威士忌，然后把猎刀递给女主角，鸡手鸭脚地取出弹头，再从腰带取一颗子弹破开，把火药撒在伤口上，划一支火柴点着，把伤口消毒。

"睇戏咋，唔好当真呀！（看电影而已，不要当真啊！）"

毒瘤

"癌症"二字，最能令人色变。在医学院时，教授时常告诫我们，不要随便在病人面前提起 cancer（癌症，或称"恶性肿瘤"），只能用 mitotic lesion（细胞分裂病变）作代号。

细胞不规则地、不受控制地生长，就会形成肿瘤。肿瘤有良性和恶性之分。俗称"毒瘤"的恶性肿瘤最可怕的地方，就是它能侵占附近的组织，更能经血液、淋巴或腹腔转移到身体其他器官。

我们身体里的细胞，要不停地分裂和生长来取代旧有的细胞。新增的细胞的成长和老去的细胞的凋亡是个极微妙的平衡。人体内有很多不同的基因帮助我们控制细胞的繁殖，不让肿瘤形成。

18 世纪时，英国医生波特（Percival Pott）首先发现环境因素可以引起癌变。当年没有中央暖气，也没有保护儿童的条例。取暖要靠在火炉里烧煤，清洁烟囱是派光着身子的小孩子爬入狭窄的烟囱里清扫。煤烟沾满小孩全身，积聚最多的地方是满是皱纹的阴囊。波特医生发现，清扫烟囱的小孩长大成人后，患上阴囊癌的几率特别高。

原来煤烟内的焦油含有致癌物质。近年的研究发现,焦油里的致癌物质能引起 p53 基因突变,而 p53 正是人体对抗癌变的重要防线。

燃烧香烟形成的焦油,也含有相似的致癌物。烟民患肺癌的几率比从不吸烟的人高数十倍。但人体防癌的防线不止一道,致癌的原因也不单一种。故此有吸烟数十年的老烟枪安然无恙,也有完全不吸烟的人患上肺癌。这都是烟民不戒烟的借口。

也许生命就是如此不公平,但我们总不该拿自己的健康做如此无谓的赌博吧!

不可不戒

从1922年到1947年短短四分之一世纪，英国的男性肺癌死亡率飙升了十倍。当年有些零星临床资料，提示肺癌和吸烟可能有关。可是那时候英国的男人有八成以上是烟民，大家都不愿听香烟的坏话，而把矛头指向污染空气的煤烟、汽车排出的废气和马路上的柏油。

英国两位流行病学家希尔（Austin Bradford Hill）和多尔（Richard Doll）在1951年进行了一项别开生面的研究。他们发问卷给全英国的注册医生，记录了他们吸烟的习惯，然后跟进，直到他们去世。他们挑选医生作研究对象的原因有三：首先，医生有专业的培训，该能准确地记录自己抽烟的历史。其次，医生若要续牌，每年都要向医务委员会申请，较易跟踪。还有，医生近水楼台，该能得到较贴身的医疗，死亡证上的死因相对准确。

研究人员每隔数年或十数年做一次分析，然后把资料公之于世。第一轮的分析，已显示吸烟和肺癌的因果关系十分清晰，无可抵赖。较长时间的随访，更证实持续吸烟对健康的影响远远大于当初的想象。烟民会因抽烟减寿十年。除了肺癌，肺气肿和心脏病都是烟民杀手。

1951年参加研究的30 000多名英国医生中，只有17%从不吸烟，但大多数医生已在不同时段戒了烟。研究人员分析了戒烟的影响：若三十岁已戒烟，存活率和非烟民并无分别；四五十岁戒烟，分别可多活九年和六年。六十岁的老烟枪戒烟也未太迟，仍可以添寿三年。

多尔自己也是烟民。三十七岁时戒了烟。2004年他九十一岁，亲自主持跟踪了五十年的英国医生吸烟研究的最后一次资料发布；同年荣获邵逸夫奖，是首届生命科学及医学奖得主之一。他于2005年去世，享年九十二岁。

土法防肺炎

肺炎是腹部手术后极凶险的并发症。

手术后伤口疼痛,病人怕痛而不敢深呼吸,只是浅浅地透气,令肺部不能充分扩张。有吸烟历史的病人,痰特别多,咳嗽又牵动伤口,极易因黏液阻塞气管引起肺塌陷(Lung Collapse);还未有细菌感染,已能在手术后的一两天内,令病人发高烧、气促,构成可致命的并发症。

要避免手术后呼吸出问题,最重要的是镇痛及鼓励病人活动和深呼吸。以前手术后,病人每4~6小时打一次止痛针,往往未到时候已痛得死去活来。现在概念改变了,止痛药可经静脉注入,加上林林总总的镇痛手段,就算伤口是长长的,手术后基本上可以达到无痛,呼吸道感染也大为减少。

胸部物理治疗(Chest Physiotheraphy)是防治手术后肺炎的好方法。物理治疗师用他们的手力帮助病人深呼吸、咳嗽、拍痰。记得我在爱丁堡实习时,曾要深夜急召物理治疗师来抢救肺塌陷的病人，也偷学了几招救命的散手。

预防远胜于治疗。与其肺塌了之后才来拍痰，倒不如在手术前先教晓病人如何深呼吸。最有效的方法叫"诱发呼吸"（Incentive Spirometry）。物理治疗师有一个简单的仪器，上有三个小球。病人吸一口气，能吸动一个球是勉强、两个是合格、三个是赞好；每小时吸十次，保证不会患肺炎。

在东帝汶和巴布亚新几内亚，没有"诱发呼吸"的小球，怎么办？拿个气球，没有的话拿一只手术时用的橡胶手套也成，叫病人每小时把它吹胀十次，效果是一样的！

小肠气

如要数外科医生做得最多的手术，修补小肠气稳入三甲。

胎儿在母亲体内的时候，睾丸是在腹腔内的。出生前两个月，才经过腹股沟落入阴囊。腹股沟是腹腔较脆弱的地方。因为先天的原因，或因腹内压力增加，比如长期咳嗽、便秘、小便不畅或举重物，腹腔里的器官如小肠，经腹股沟跑到腹腔之外，就形成小肠气。

小肠气学名叫"疝"，症状是站起来时，下腹近大腿的地方隆起一块，躺下的时候，溢出的小肠退回腹腔，肿块就消失了。如果小肠卡在腹股沟里不能归回腹腔，会造成肠梗阻，严重的还会影响小肠血液供应，引致肠坏死，是可致命的并发症。

治疗小肠气的唯一方法是施手术，此乃小型手术，以结扎疝囊，再以缝线或尼龙网加固腹股沟后壁，大概半小时就可完成。腹股沟可不能完全关闭，因为供应血液给睾丸的血管从此经过，关得太紧，睾丸会坏死。

近年有以腹腔镜微创技术修补疝的手术。传统疝修补手术无须进入腹腔，只要修补时缝线不要扯得太紧，手术后疼痛也是较轻微。那么，微创补疝的优点，就不太显著了。

小肠气置之不理，小肠会坠入阴囊，且会越来越大。在医疗条件较差的地方，大如足球的疝并不罕见。有些病人甚至要用手推车载着巨大的肾囊才能行动。

离开巴布亚新几内亚时，当地友人问我："在这里三年，可有什么遗憾？"我回答："遗憾是没有的。只是我该少做几个食道切除、胰头切除等大制作，而专注疝修补等较小型的手术。"当地病人求诊较迟，肿瘤都是晚期。穷一整天做手术，侥幸能切除肿瘤，没有放疗、化疗的辅助，往往一年半载就复发，倒不如把握宝贵的手术室时段，多修补三四个疝更实际。

微创疝修补

水桶穿了要修补,该从桶内修补,还是在桶外加固?

如果把修补小肠气的尼龙网放在腹壁之内,每当病人咳嗽或如厕的时候,腹内的压力会把网压得更死。这是最牢固的修补方法。以往,要把尼龙网放到腹内先要剖腹,故此这方法以往只会在屡次复发的病例才会考虑。

腹腔镜技术引入之后,可以只开三个小孔,就可以植入尼龙网。尼龙网可从腹腔内直接盖在腹膜上面(Intraperitoneal Onlay Mesh,IPOM),或经腹腔切开腹膜,把尼龙网植到腹膜和肌肉之间(Transabdominal Preperitoneal,TAPP)。第三种方法是不经腹腔,以二氧化碳注入腹膜及肌肉之间制造空间,在腹膜前置入尼龙网(Total Extraperitoneal,TEP)。

临床研究证实,微创的疝修补手术后,伤口的痛楚比传统的手术稍减,疝的复发率也略低于传统手术。可是,做微创手术的时间较做传统手术长一半,误伤肠脏或血管的风险也较高。

出产腔镜的厂家捐赠了两套腹腔镜到巴布亚新几内亚的教学医院，让我有机会一展所长，但我却没有在当地开展微创疝修补。我对当地的年轻医生说："小肠气是最普遍的外科手术，你们每人都要懂。传统疝修补相对简单，不用进入腹腔，是极安全的手术。万一出了问题，并发症也不太严重，鲜会致命。这里病人多，手术室的时间极宝贵，倒不如好好掌握传统的方法，踏实地多做几例！"

大场面

多年前,一位资深的内科教授告诉我:"要知实习医生够不够斤两,只需看他面对食道静脉曲张出血的病人时的表现。"

供应身体各器官的血液,从心脏经动脉到达不同组织的微丝血管,放下氧气及养分之后,经静脉回流到心脏。供应肠胃的血液却是例外,血液经过胃肠的微丝血管,吸收了食物的营养之后,经门静脉到达肝脏,再经过肝脏的过滤,才能回到心脏。

肝硬化的患者,血液经过肝脏时遇到梗阻,形成门静脉高压。不能通过肝脏的血液,要找别的路径回到静脉系统。那些旁支,在食道下端形成一条条像小虫般、曲张的静脉。因为门静脉高压的关系,那些曲张的静脉怒怒地鼓起,一旦破裂出血,一发不可收拾。

当年未有内镜止血的方法,也未有降低门静脉压力的药物。要停止食道静脉曲张出血,只能靠三腔二囊管(Sengstaken-Blakemore Tube)。这东西有一个球形的囊和一个香肠形的囊。把管子插到胃里，在球形的囊注满水，然后加上拉力顶着胃底，再在香肠形的囊注入空气来压迫食道内的曲张静脉，就能达到止血的效果。

新扎师兄初遇大出血的场面，在病人大口大口地吐出鲜血、进入休克的时候，能有条不紊地吊盐水、输液急救、配血、插三腔二囊管，还能兼顾预防肝昏迷及血糖过低等因肝功能不足而衍生的并发症，就算过关了。

胃痛

最常见的病，最令医生束手无策。

到肠胃科或消化外科求诊的，以腹痛的病人最多。溃疡、胆石、肿瘤及其他林林总总、数之不尽的病皆可以引起腹痛，可是，总有超过一半的病人找不到病因。他们感到腹部不舒服，还有腹胀、作闷、食欲不振、打嗝等症状，可是身体检查、验血都正常。内镜之下，食道、胃和十二指肠的黏膜也是正常，没有发炎、溃疡或肿瘤。超声或电脑扫描也看不到胆囊有结石或其他器官有肿瘤。

"坏鬼书生多别字"，不明原因的病也有很多名字。"胃抽筋"也许能贴切形容患者的感受，但没有客观证据证实胃的肌肉痉挛。而"消化不良"是个笼统的名称，但那些病人消化食物的过程没有问题，而他们也没有营养不良。在用 X 光及钡餐照胃的年代，医生发现有些病人站起来时，胃可以降到近盘骨。胃的位置和胃痛没有关系，"胃下垂"这名字也随着年代湮灭了。也许最合适的名字是"肠易激症候群"（Irritable Bowel Syndrome），因为最合理的解释是那些病人的胃肠较敏感，而病人的中枢神经把胃肠较混乱的信号误认作痛楚。其实，胃痛和心情极有关系：精神紧张、有压力、不开心时特别容易发作。

有些人老是担心患了绝症，只要医生能说服他们，让他们相信肚子内没有祸患，症状就能舒缓。有些人吃了某些食物就会胃痛，知道了就可避免。中和胃酸的药物、制酸剂、促进肠蠕动的药物、吸气剂如活性炭也有一定的疗效。

但最重要的，还是保持心境开朗，别整天留意和担心胃肠发出的信号。

血肉长城

胃液有极强的消化能力,吃了一块牛排,转眼间已被胃酸和胃蛋白酶分解成糜状。但胃壁的结构亦是以蛋白质为主,为什么不会被消化掉呢?

原来胃壁的黏膜很懂得保护自己,有好几种方法来抵抗胃酸侵蚀。一是胃黏膜层细胞与细胞之间的连接极紧密,能防止胃液渗入。二是黏膜会分泌带碱性的黏液,把胃壁和胃酸隔开。三是胃黏膜的细胞会不停地分裂更新,像一道不断有士兵换防的长城。

这些防御工事,要有活跃的新陈代谢才能支撑。任何影响胃部血液、养分或氧气供应的事物,都会削弱胃黏膜的抗酸能力。一旦黏膜的防御力不敌胃酸及胃蛋白酶的侵蚀力,胃壁黏膜就会受损,形成急性胃炎;严重时黏膜解体,就是胃溃疡。

治疗胃溃疡,可循加强胃黏膜的抵抗力或抑制胃酸两方面入手。一般中和胃酸的药物如镁奶片,抗酸力不足,不能长期令胃液保持碱性，只能暂时止痛，不足够令溃疡愈合。20世纪70年代，布莱克爵士（Sir James Black）发现了 H_2 受体阻塞剂（H_2-Blockers），医学界才有真正能控制胃酸的药物。新一代的质子泵抑制剂（Proton Pump Inhibitors，PPIs）则更强，能完全抑压胃酸分泌。但若要胃溃疡不复发，就要以抗生素杀灭幽门螺杆菌，才能"断尾"。

溃疡的故事

大家一直认为胃酸过多,是胃及十二指肠溃疡的病因。治疗溃疡的办法,不论是外科手术,或切除胃的一部分以减少胃酸分泌,或切断刺激胃酸分泌的迷走神经,又或用药物治疗(中和胃酸的药物和抑制胃酸分泌的 H_2 受体阻塞剂及更强力的质子泵抑制剂)都是循降低胃酸这一方向入手。

幽门螺杆菌是藏在胃壁黏液上的一种极不起眼的细菌,一直都不受重视。1982年,澳大利亚的马歇尔(Marshall)及华伦(Warren)医生发现这种细菌和胃炎、溃疡及胃癌都有非常密切的关系。

到了20世纪90年代初,医学文献已有零星报道指出,如果能杀灭幽门螺杆菌,溃疡就会痊愈。可是"胃酸是元凶"这概念根深蒂固,说溃疡是细菌引起的,简直是离经叛道,要说服一贯保守的医学界颇不容易。

在实证医学(Evidence-Based Medicine,EBM)里,最具

说服力的是"双盲式随机临床试验"（Double Blind Randomised Controlled Trial），即是把病人随机分成两组，实验组服用能杀灭幽门螺杆菌的抗生素，对照组服用传统的抗胃酸药物，然后比较成效。参与实验的病人和医生都不知道病人是在实验组还是在对照组，以免产生偏见，是为"双盲"。这实验要成功，一定要有数以百计的溃疡病人参与及支持。

胃溃疡出血在香港十分普遍，占了急症入院病例的10%。当年新界东只有一间急症医院，就是中文大学的教学医院威尔斯亲王医院。病人集中，令中文大学医学院具备了解答胃溃疡之谜的条件。

1995年，中文大学医学院在极具影响力的《新英格兰医学杂志》发表了一篇以抗生素治愈胃溃疡的临床实验报告，阐明了幽门螺杆菌和胃溃疡的因果关系。领头执笔的，是当年刚从加拿大学成归来的沈祖尧医生，亦即现在被学生昵称为"祖尧BB"的中大校长。

溃疡穿孔

外科腹部急症中最富戏剧性的,大概要算溃疡穿孔。

胃或十二指肠的黏膜被胃液侵蚀,就形成溃疡。严重的溃疡蚀穿了肌肉层和浆膜(即肠胃最外的一层"衣"),就穿到腹腔。含有胃酸的胃液极具刺激性,漏到腹腔会引起剧痛,腹部的肌肉反射性收缩,会变得和木板一样硬(board-like rigidity),是临床诊断溃疡穿孔的典型症状。

要确诊穿孔也不难。漏入腹腔的,除了胃液之外,还有胃气。病人站起来时,游离的气体会升到横膈膜下面,照张胸片就能看见。溃疡穿孔的病人,有约85%照肺时能在横膈膜下看见气泡。但是要站着照,若躺着照,气泡就看不到了。如果病人真的站不起来,侧卧着照也勉强可以看到积在腰部的气泡。

溃疡穿孔要马上施手术修补,因为漏进腹腔的胃液会引起腹膜炎和细菌感染,两三天内就足以致命。修补手术很简单,把大网膜缝到穿孔的地方,把洞封起来就成了,最重要的是用大量生理盐水冲洗,把胃液、食物残渣等污物清除,避免化脓感染。

不开刀成不成?穿孔修补手术可以在腹腔镜下进行,可免剖腹的一刀。亦有些幸运的病人,穿孔的地方自然地被大网膜堵住,不动手术也能痊愈。记得当年我在广华医院学师的时候,有位老伯十二指肠穿孔,坚拒做手术,我苦劝他不听。出院的时候,还拍拍肚皮,说:"医生,都话唔使开刀喇!(医生,都说不用开刀啦!)"

胃酸

质子泵抑制剂（Proton Pump Inhibitors，PPIs）能极有效地抑制胃酸分泌，所以是治疗胃溃疡的特效药。每日服一两片，就能使胃内的环境保持碱性。在胃内分解蛋白质的胃蛋白酶（Pepsin）要在酸性的环境才能活化。服用PPIs之后，没有胃酸和活化了的胃蛋白酶，胃内蛋白质的消化基本上是停止了，亦令胃痛立止，胃的黏膜也不会受到胃液侵蚀。如此，若有溃疡，两三星期内就能愈合，效用如神。但是，只靠抑制胃酸是治标不治本。病根如幽门螺杆菌、吸烟、生活紧张等不除，一停药时，胃酸分泌恢复正常，溃疡就会复发。

胃酸长期被抑制会不会影响消化？没有胃酸，细菌会不会在胃内大量滋生，释出对身体有害，甚至致癌的物质？这些都是在PPIs初引入时，大家会担心的问题。经过多年的临床观察，长期服用PPIs不会引起消化不良，也不会增加患胃癌的风险。

生物是奇妙的，每一个器官、每一项生理作用，对整个机体的运行都有特别的效用。在进化过程中，我们在胃里添置了胃酸，一定有它的作用。为什么抑制了胃酸，竟对健康全无影响？

当年我在威尔斯亲王医院主理溃疡诊所，每天都在处方PPIs。胃酸到底是有益还是有害，是常挂在心头的问题。有次在全球肠胃科权威云集的工作坊中，有机会向前辈们请教，答案是：在茹毛饮血的年代，胃酸和胃蛋白酶是原始人消化系统的守门大将军；现代人的食物经过精细的加工和烹煮，不再需要这么强悍的消化力了！

胃出血

人体的胃里,胃酸及胃蛋白酶有极强的消化力,胃壁的黏膜亦有一套完善的防御工事。两者势均力敌便相安无事,如果黏膜的防御不敌胃酸及胃蛋白酶的攻击,胃的黏膜就会被破坏,形成胃溃疡。

胃的出口连接十二指肠。碱性的胆汁和胰液在十二指肠的第二段进入肠腔,中和从胃进来的胃酸。一旦胃酸被中和,胃蛋白酶就失效,胃酸及胃蛋白酶的消化作用(Acid Pepsin Digestion)也会停止。可是,十二指肠的第一段(又称十二指肠球部)仍受胃酸的影响,是消化性溃疡最常发生的地方。据临床的统计,十二指肠溃疡的病发率比胃溃疡要高两三倍。

胃壁大致可分三层。最内层是黏膜,中间一层是肌肉,外层是浆膜。黏膜和肌肉层中间,密布着血管网络,为新陈代谢极活跃的黏膜细胞提供养分。溃疡破坏了黏膜,侵蚀黏膜下的血管,就会引起胃出血。

胃出血是溃疡病最常见且可致命的并发症。严重与否，全在于失血量，这关乎被侵蚀了的血管的大小，因为一条血管中的血液流量，会按血管半径的四次方倍增。

　　如果只是微丝血管损破，失血缓慢，患者可能不知自己在流血，只呈现贫血症状。若然损破的血管稍大，血液在肠内被消化，便会变成瘀黑色，排出像柏油一样的黑便，俗称"屙黑屎"。流血越快，血液没有时间被消化，大便和呕吐物的颜色就越鲜红。若不幸破损的血管更粗，比如是处于胃小弯的胃左动脉（Left Gastric Artery），或在十二指肠后的胃十二指肠动脉（Gastroduodenal Artery），失血一发不可收拾，患者便会因大量失血而休克，上吐下泻都是鲜血和血块。

　　话得说回来，上述的"大场面"并不常见，便后有鲜血，一般只是痔疮出血而已。

早期胃癌

"医生,我个瘤系第几期?"是癌症病人常问的问题。

医生要把肿瘤分期,是因为不同大小、不同范围的癌肿,治疗方法也不同,治疗的效果和存活率也不一样。肿瘤的分期可以很复杂,每个器官的肿瘤分期也不同。但总的来说,体积越大、侵占范围越广的肿瘤越严重,治愈的机会就较渺茫。

病人真正想知道的,并不是医学上癌症的精细分类。他们其实想问:"医生,我个病到底医唔医得好?"只是这句这么直接的话,不容易宣之于口。

以胃癌为例,光从肿瘤(Tumour)来说,限于黏膜层属第一期(T1),手术后的五年存活率可高达90%以上。侵占入胃部肌肉层的算第二期(T2),五年存活率在50%左右。穿透胃壁、达到浆膜层的胃癌是第三期(T3);侵占附近器官的是第四期(T4),存活率更低。如果癌细胞扩散到邻近的淋巴结(Nodes,N)或其他脏器(Metastasis,M),情况就更差。

除此之外，还要看癌肿是否很恶毒。在显微镜下恶形恶相、排列不规则、细胞分裂频繁的肿瘤，生长速度比较快，亦容易扩散，患者的存活率也较低。

存活率只是一个统计数字，以供参考。每个病人的体质和对治疗的反应都不一样，不能一概而论。

内镜下黏膜剥离术（Endoscopic Mucosal Resection，EMR）是近年发展的新技术，方法是以胃镜把盐水注射到胃壁，把黏膜层和肌肉层分开，就可以用电刀把在黏膜层的早期胃癌切除，不用开刀，病人亦可保存整个胃部，不会影响进食和营养吸收。

可惜，这种新手术只适用于早期（T1）的胃癌。早期的胃癌一般没有症状，只能靠胃镜检查偶然诊出。当患者觉得不适时，癌肿早已侵入胃壁，不能采用这种微创的方法了。

冇胆匪类

"医生,冇咗个胆得唔得喫?(没有胆的话行不行的?)"摘除胆囊对身体有什么影响,是要施胆囊切除手术的病人经常提出的疑问。

胆囊是储存胆汁的器官,经胆囊管连接到胆总管上。进食后,小肠会分泌一种叫胆囊收缩素(Cholecystokinin,CCK)的激素,令胆囊收缩,把存放在胆囊里的胆汁排入肠腔,协助消化脂肪。

胆囊管是胆总管的旁支。没有了胆囊,胆汁仍可经胆总管流入十二指肠。因此,切除胆囊对人体的正常运作没有大影响,消化功能仍可正常运作。有小部分病人,在手术后初期或会有轻微腹泻,但是过了一段日子,当身体慢慢习惯新的胆汁循环,就会恢复正常。

患有胆囊结石的病人,或因胆石堵塞了胆囊管,或因反复感染发炎引起胆囊纤维化而萎缩,很多时候胆囊已失去了储存胆汁的功能。这些病人拿掉了胆囊后,解除了胆绞痛引起的苦楚,身体不会有任何异常。

患胆结石的病人,胆汁的成分异于常人,胆汁里的胆固醇较易结成晶体。若只是把胆囊里的结石取出,保存胆囊,结石仍会再复发。因此,医生会建议把胆囊切除,令胆石"断尾",而不会建议取石保胆。除非病人情况极差,不能抵受全身麻醉的手术,又有严重的胆囊炎,不得已才会考虑经皮穿刺胆囊来放脓。

噢,还有,切除胆囊之后,人的性格不会改变,不会变得比手术前怯懦。

他山之石

在都柏林念书的时候,师长曾以五个"F"来形容有胆结石的病人——Fair-Fat-Fertile-Female of Forty,即皮肤白晢、肥胖、子女众多的四十岁女人。她们的胆石成分以胆固醇为主,呈珍珠白,在胆囊里生成。平日石头养在胆囊里相安无事,当吃了肥腻食物后,胆囊收缩,石头卡在胆囊的出口,便会引起上腹剧痛。

回港在广华医院培训的时候,遇上另一种在爱尔兰没见过的胆石。那些石头在胆管内生成,主要的成分是胆红素,软软的像泥巴一样,石内含有大量细菌。石头把胆管堵塞了,会引起右上腹痛;胆汁不能流入肠道,则形成黄疸;加上细菌感染,病人会发高烧,加起来叫夏科氏三联征(Charcot's triad),是胆管炎的典型症状。

胆管炎病发的来势,远比胆囊结石凶险。若胆管的阻塞得不到舒缓,胆道内的压力增加,感染了细菌的胆汁倒流入血,立即引起血中毒。此时病人除了夏科氏三联征之外,另加上血压降低

（休克）及神志不清两项，成为雷诺（Reynold）氏五联征，性命悬于一线。

在20世纪80年代初，引起东方型胆管炎（Oriental Cholangitis）的原发性胆管结石曾令初出茅庐的我手足无措。三十多年过去了，随着生活习惯的改变，现在香港胆石的成分已和西方国家看齐。泥状的原发胆管结石远不如当年普遍，只是在年近古稀的病人或新移民中偶有发现。

胆管炎

因肝内胆管的结石所引起的胆管发炎有很多不同的名字。原发性胆管炎（Primary Cholangitis）、复发性化脓胆管炎（Recurrent Pyogenic Cholangitis）、肝内胆管结石病（Hepatolithiasis）、东方胆管肝炎（Oriental Cholangiohepatis）都是同一种病。

此病与细菌感染有密切关系。我的良师益友梁永昌教授曾把从胆管内取出的石头放在电子显微镜下观察，发现石头内密密麻麻都是细菌。

正常胆管内的压力约与10厘米水柱相等。胆管被石头堵塞了，胆管内的压力就会增加，压力达到二三十厘米水柱，胆内的物质就会经由肝内的微丝血管倒灌入血。细菌进入血液就会引起败血病，高烧、休克、昏迷接踵而来。抗生素难以渗进高压的胆管，如果胆管的梗塞不获舒缓，就得马上施手术为胆管减压，才能救回患者的生命。

未有内镜手术的年代，外科医生经常要为危急的胆管炎病人做胆管探查手术。切开胆管时，化成脓状的胆汁如喷泉般涌出。替已严重感染、血中毒、休克的病人施急诊手术是背城借一，并发症及死亡率都极高。

20世纪80年代引入了内镜手术，可以借助十二指肠镜把鼻胆管放入胆管引流减压。内镜手术避免对危重病患者施全身麻醉及剖腹手术，比传统的胆管探查手术优胜得多。在引入这新方法的初期，外科界的叔父辈都不大相信一条小小的鼻胆管能承担减压的重任。经过一段时间的考验，才证实鼻胆管引流确实有效，如今它已取代了传统的剖腹手术，成为抢救急性化脓胆管炎病者的首选手段。

无声狗

"我都冇觉得痛，点谂到竟然系个毒瘤？（我都没觉得痛，怎么会想到竟然是个毒瘤？）"这个疑问困惑了很多患肿瘤的病人。

在大自然中，痛楚是危险的警号，提醒动物立刻走避。在我们的潜意识中，疼痛和严重性是挂钩的。我们肚痛会马上求医。不引起疼痛的肿瘤，却往往被患者忽略，不到病入膏肓不求诊。

以胆管梗阻为例，胆石嵌顿引起阻塞，石头卡住胆管的出口，胆汁不能排出，胆道里的压力会突然增加，患者痛得死去活来，立刻到医院急症室求诊。由于胆汁潴留的时间不太长，病人的黄疸一般不会太严重。

至于胆管癌引起的胆管梗阻却是逐渐来的：随着在胆管的肿瘤慢慢长大，梗阻逐步形成，黄疸也逐渐加深。因为病情发展得慢，也没有疼痛，数星期甚至数月下来，眼白慢慢变成深黄色，也未发觉出事，很多时候是其家人或朋友先留意到，才叮嘱快点找医生诊治。

当年没有电脑扫描、核磁共振和胆道窥镜,手术前的诊断只能靠教授的判断。我的外科启蒙老师高伦教授告诉我们,胆管梗阻的病人,黄疸轻的是胆结石症,黄得面如金纸的是癌病。当年在手术台上把肚皮打开,十次有九次,高伦教授的临床诊断是正确的。

来势汹汹的急症,不一定是最严重的。症状不明显的,却往往能杀人于无形。

俗语有云:"无声狗,咬死人!"信焉!

深藏不露

胰脏处于上腹部最深处,出了问题不容易发觉。

胰腺癌的病发率正在上升。研究指出,到2020年,胰腺癌会成为美国第二号癌症杀手。肥胖的人患胰腺癌的风险较高,而近年胰腺癌患者年轻化仍然是个谜。

我已有三位挚友因胰腺癌英年早逝。胰腺藏在腹部深处,早期癌全无症状;到感觉有疼痛时,肿瘤往往已侵蚀到胰腺周边的神经丛。体重大减、食欲不振、胰管闭塞而引起消化不良,全都是病入膏肓时才出现的症状。胰头裹着胆管,胰头癌压迫胆管会引起胆道梗阻,令病人的眼白和皮肤变黄、小便呈深茶色,但亦极少能及早发现。

胆管和胰管都经胰头进入十二指肠。要切除胰头的肿瘤,要施"胰及十二指肠切除术"(Pancreatico-Duodenectomy, Whipple's Operation),即切走半个胃、十二指肠、一段胆管及半个胰腺,是腹部外科难度及风险最高的手术。胰腺癌的五年存活率只有4%,

难怪大家都闻之色变。

　　胰腺有两大功能：一是分泌消化液，胰液含有分解蛋白质、脂肪和碳水化合物的酵素；二是制造内分泌素，控制血糖的胰岛素（Insulin）、胰高血糖素（Glucagon）、生长抑素（Somatostatin）及血管活性肠肽（Vasoactive Intestinal Peptide，VIP）等，皆由胰岛的细胞产生。

　　95%的胰腺癌是由分泌消化液的胰腺细胞异变的。内分泌细胞的肿瘤较罕见，也较易治愈，存活的机会高得多。苹果教主乔布斯（Steve Jobs）患的，正是胰腺内分泌癌。教主于病发初期拒绝接受手术，选择了另类疗法，到发觉肿瘤不受控制时，才进行手术切除了肿瘤及接受肝脏移植，但为时已晚，回天乏术。死时年五十七，可惜！

盲肠炎

大家都挂在嘴边的盲肠炎，其实不是盲肠发炎，而是阑尾炎。

处于腹部右下方的盲肠是大肠的第一段，铅笔般粗、与小手指一样长度的阑尾像条小虫，附在盲肠的右侧。在外科手术未普及的年代，医学界未能弄清盲肠周围发炎（Perityphilitis）的真正原因，直到19世纪末，才明白阑尾才是罪魁祸首。

阑尾炎的成因是阑尾出现了梗塞，成因包括淋巴组织因病毒感染而增生、以往发炎后结疤而变窄、粪便结石等。梗塞的阑尾引发细菌感染，脓液潴留在阑尾腔内，肿胀成一只白灼虾的模样，不治理的话，阑尾会因坏死而穿孔。运气较好的病人，腹内的大网膜把发炎的阑尾、盲肠和脓液包起来，形成脓肿。如果大网膜未能发挥作用，脓液流入腹腔，引起广泛性腹膜炎，性命堪忧。大网膜在幼儿时期未完全发育，在老年时会退化，所以阑尾炎的死亡率在婴孩和老人中都较高。

阑尾炎初发时，炎症局限在阑尾内，痛楚的信号经内脏的神经传到大脑。此时患者感到腹部中央绞痛，症状和肠胃炎十分相似。数小时或十数小时后，炎症蔓延到腹膜，触动了腹膜的痛觉神经，疼痛才转移到右下腹。此时，用手轻轻按一下右下腹都会引起痛楚，患者的肌肉会自然而然地绷紧防护。如果整个肚子都硬邦邦，就是广泛性腹膜炎的症状。不可不知的，是这情况只会持续一段短时间，晚期腹膜炎引起肠麻痹和腹胀，腹部肌肉不再收缩绷紧，此时患者生命只悬一线。

小孩子吃饱饭后蹦蹦跳会引起阑尾炎，这只是家长希望活跃的小朋友安静下来时说的谎话。

肠癌（一）

香港近年大肠癌的病发率节节上升。根据医管局癌症数据中心 2011 年的统计数字，大肠癌有 4450 例，取代了肺癌成为香港最常见的癌症。然而，我在 2004 年至 2007 年到巴布亚新几内亚当了三年外科医生，见过不少奇难杂症，却没有碰过一例大肠癌。

饮食习惯和大肠癌有很密切的关系。据统计，常吃红肉和动物脂肪、低纤维的食物，会增加患上大肠癌的风险。而土人的传统食物是香蕉、芋头和西米，猪肉是喜庆节日才能享用的奢侈品。直至近年当地开发天然气，经济稍有改善，炸鸡、薯条和汉堡包随即进驻，当地医生告诉我，过去十年已见零星的大肠癌个案。

直系亲属有一人患过大肠癌，风险加倍；有两人患过大肠癌，风险是四倍。亲属得病时年纪越轻，风险越高。有些罕见的遗传病，如"家族性大肠息肉症"（Familial Adenomatous Polyposis, FAP），患者的大肠长出无数息肉，未到中年就会演变成大肠癌，要趁早切除大肠才能预防。

大肠癌是大肠息肉衍生而成的。息肉是在肠的黏膜上长得像小蘑菇的东西。从小息肉演化成癌要近十年。所以,只要在息肉变癌之前,用大肠镜以金属圈套着小蘑菇,通电把息肉切除,就能避免肠癌。

年届五十,是时候检查一下大肠了;有家族病史的人,更该早点"照一照"。

肠癌（二）

大肠镜检查，一般建议五年一次。如何防止两次检查之间出现所谓"间隙癌"（Interval Cancers），是当今肠胃科最热的课题。

人的大肠，由肛门到盲肠，只有一米半长，却有很多曲折。窥镜是软软的，插入时容易在腹腔内打蛇饼。一旦蛇饼形成，再推镜子只会令蛇饼越来越大，镜头不会向前进。要窥镜顺利到达盲肠，自然对操作者的技术有一定的要求；除了要懂操作有如"蛇鞭"的肠镜，有时还要用手在患者腹部加压，或改变患者的姿势来帮助镜子进入。如果患者曾施手术，腹腔内有粘连，挑战更大。如果不能观察整条大肠，看不见部分的肠癌自然会漏诊了。

医生如何判断镜头已到达盲肠？最简单的办法是调暗检验室的灯光，看看镜头发出的光是否已到达患者腹部的右下方，即盲肠的位置。但这方法不保险，因为肠腔可以重叠。镜头到达了盲肠，该可见到阑尾的开口和回盲瓣，若能进入回肠，见到回肠特有的绒毛状黏膜，就更加可靠。美国肠胃内镜学会（American

Society for Gastrointestinal Endoscopy，ASGE）认为，肠镜到达盲肠的比率要高于95%，才算达标。

把肠镜送到了盲肠，慢慢地退出来，是仔细观察肠腔黏膜有否异常的时候。大肠黏膜的折叠，有如山峦起伏，镜子退得太快，山背的小息肉就容易被看漏。近年有研究指出，退镜的过程如能坚持6分钟以上，便能提高息肉的发现率。

有些大肠癌长得特别快。年纪轻的肠癌康复者、有家族病史者，或有某些基因突变的病人，五年一次的检查可能不足够。但这类病人占少数。

有读者留言，说有八十多岁的老人切除息肉后一年多就发现末期肠癌。于我所见，老人的肿瘤一般长得较慢，由小息肉变成晚期癌的时间怎么算也不止一年。读者提到的病例，最大可能是切息肉时漏诊了已存在的肠癌。已故的美国前总统里根也是切了两次息肉，几个月后再照肠镜才发现大肠癌的。

肠癌（三）

最近有老友不幸患上肠癌。我安慰他："发觉得早，肠癌系有得医嘅。（发现得早，肠癌是能治的。）"老友反问："点样有得医先？（何谓能治？）"患者心中最希望的，自然是经治疗后，癌症不再复发，即"断尾"。

一般来说，医学界多以五年存活率作为癌症能否治愈的指标，换句话，癌症经治疗后，过了五年不复发，就不会再复发（当然有例外）。

苏格兰籍的病理学家 Cuthbert Dukes 在英国伦敦最有名的肛肠科医院 St. Mark's Hospital 钻研大肠癌的散播及病人存活的关系，于1932年提出以肿瘤扩散的程度将大肠癌分期。

·局限在大肠壁的肠癌，是 Dukes' Stage A。手术后五年存活率高达 90%。

·Dukes' Stage B 的肠癌已穿透肠壁的肌肉层，五年存活率有 60%—70%。

· 已扩散到附近淋巴腺的肠癌是 Dukes' Stage C。存活率降到 20%—30%。近年的临床研究发现,此类病者手术后若加用辅助性的化疗（Adjuvant Chemotherapy）,能显著地提高存活率。

已扩散至腹腔、肝脏或其他器官的晚期肠癌,手术或能舒缓出血、梗阻等症状,化疗或能控制肿瘤生长,但治愈的机会渺茫。Dukes 医生是病理学家,他单凭分析切除后的标本设定他的分期法,所以在原装的 Dukes' Staging 中并没有 Stage D。

老友手术后,医生把割除了的一段大肠检验。老友的肠癌局限在大肠的黏膜,没有入侵肌肉层,淋巴腺也没有癌细胞,是早期的 Dukes' Stage A。外科医生不轻言包医好,但这次该有把握"断尾"了！

造口

要做大肠手术的病人,最大的恐惧是要做大肠造口(Colostomy),即俗称的"背屎袋"。有些病人不能接受在腹部排便,拒绝了能救回性命的造口手术。

我初出道时见过一位年轻的直肠癌病人,如果她肯牺牲肛门,尚能做根治性的手术,但她不愿意。我费了九牛二虎之力仍然不能说服她。过了几个月,另类疗法不奏效,她才改变主意,可惜那时已病入膏肓,不能再做手术了。

其实,现在为大肠造口设计的医疗用口比较完善,渗漏、异味等问题已经解决。造口人基本上能和普通人一样生活。最近,一位有大肠造口的美少女把她的比基尼泳装照放上网,随即被疯传,也可算是对造口人的一种支持吧。

大肠造口可分为永久性和临时性两大类。若直肠癌位置太接近肛门,切除后接驳肠道有困难,就要把直肠跟肛门一并切除,再把结肠的末端带到腹部,作永久性的造口以排便。一般来说,探肛时手指能触及的肿瘤,肛门都不能保留;以往用缝线接驳,要多留一点空间下针。现在采用以订书机原理设计的肠道吻合器,能在更接近肛门的地方接驳,是低位直肠癌病人的福音。

大肠或肛门受了损伤,或刚完成了复杂的手术,粪便渗漏会引起严重的感染。此时便要把一段大肠抽出腹外,做一个临时的大肠造口,把粪便排出,直至肠道愈合了,才再动手术把造口关闭,就能正常排便了。

痔瘘（一）

俗语有云："十个男人九个痔。"难怪在闹市中一抬头，就会看到"专医痔瘘"的招牌。其实，痔疮在女性一样普遍，怀孕时痔疮更易形成，只是女士比"男人老狗"更羞于启齿而已。

至于瘘，是另一种常见的肛门病变，是肛门旁脓肿引发的后遗症，会引致肛门旁边渗漏液体及反复感染，跟痔疮是两回事。

严格来说，痔疮并不是疮，而是肛门黏膜下的海绵状组织因肛门内压力增加而增生充血，继而引起出血、突出、发炎、疼痛等症状，当中以出血最常见。大便后鲜血在肛门滴出，只三数滴就能将厕盘变成"满缸红"，很吓人。然而，要知一般来说，痔疮出血量不太多。长期出血致引贫血、急性大量出血引起休克的病例偶有发生，但并不常见。

痔疮出血是鲜红色，不和粪便混在一起，也没有混着黏液。直肠癌出血则是瘀红色的，或会混着粪便或黏液。排便习惯改变、有排便不清的感觉、肠绞痛，都是直肠癌的症状。

长期便秘、急性腹泻、辛辣的食物都是痔疮发作的诱因。痔疮是常见病，不难治理，但难保没有恶性肿瘤藏身其后。我在医学院时，外科老师高伦教授千叮万嘱，处理患痔疮的病人时一定要警惕，切勿漏诊了直肠癌。

每一位大便出血的患者，最低限度也要做乙状结肠窥镜检查。

痔瘘（二）

前文提及瘘是另一种常见的肛门病变，是肛门旁脓肿引发的后遗症。

大家未必知道，肉食的哺乳类动物，在肛门内有些能分泌油质物体的分泌腺，叫"肛门腺"。犬只能凭肛门腺分泌物的气味，辨别各自的领域。肛门腺最发达的动物是臭鼬，其肛门腺能喷出极难闻的液体，射程达三米，能令熊、狼、狐等猛兽都退避三舍，是鼬鼠的防身之宝。

人类的肛门腺已退化，没什么实际功能。肛门腺的出口在肛门内，若这出口堵塞了，就会引起发炎，形成肛门旁的脓肿。此时患者感到肛门剧痛，严重的会发高烧及寒战。这脓疮穿破的时候，脓液在肛门旁漏出，痛楚暂时消退。而脓疮穿破的过程，造成了一条从肛门腺到肛门旁的通道，这通道就是"瘘管"。患者的肛门旁会间歇性有黄色液体或粪便渗出，并会因出口再堵塞而引起反复发炎。此病俗称"老鼠偷粪"，学名是"肛瘘"。

要肛门旁脓肿和肛瘘不复发，必须把瘘管彻底清除。一般的低位肛瘘较易处理，只要找到瘘管在肛门里的内出口，把整条瘘管切开，让伤口慢慢愈合就可断尾。高位的肛瘘涉及肛门的括约肌，切开了会引起大便失禁，处理方法就复杂得多了。

腰骨痛

"医生，我条腰骨好痛，使唔使照下扫描？"

人体的脊柱，有 33 块脊椎骨，椎骨与椎骨之间，是软骨状的椎间盘，有避震的作用。椎间盘退化，软骨组织突出，可以压着脊椎的中枢神经，引致瘫痪、大小便失禁，或压着周边的神经，引起疼痛和麻痹。

椎间盘不吸收 X 光，传统的 X 光片上看不到，但椎间盘突出的病人，两截脊椎骨之间的距离会减少，附近组织钙化和骨质增生，便会形成骨刺。有了电脑扫描（Computed Tomography，CT）和核磁共振（Magnetic Resonance，MR），椎间盘和神经线都能一目了然。近年 MR 成为诊断椎间盘突出最常用的方法。

椎间盘会随着年龄而逐渐退化。在美国极负盛名的 Mayo Clinic 工作的医生最近发表了一项发人深省的研究。他们在文献上找到三千多个没有症状的人的扫描报告，发现二十岁的人，有 30% 在扫描上能看到椎间盘退化。这数字随着年龄增加，到八十岁时高达84%。二十岁时，有29%的人椎间盘突出，到八十岁时达43%。换句话说，扫描上看到的，是老化的转变，和背痛的症状没有必然的关系。

腰骨痛可以源自肌肉、骨骼或神经，绝大部分会不药而愈。可是，患者拿着写满了医学名词的扫描报告，往往忧心忡忡，胡思乱想。有些人甚至因抵受不住痛楚，要求医生为他们进行于事无补的椎间盘或脊柱手术。

我的骨科老师是个死硬的保守派。当年他给我们的锦囊是："做不做手术的决定是靠病情，不是靠看图片。临床上有手术的指征，方好送病人去扫描。扫描的照片，只是手术时的导向地图而已！"

悬壶偶拾

选择

以前的病人很"听话"。手术前签同意书,不用医生多费唇舌,看也不看就画押;不能写字的,就画个十字或打个手指模。现在讲求病人自主权,医生得向病人及家属详细交代病情。签署手术同意书之前,医生必须让病人及家属了解手术的性质、风险及可能出现的并发症,也有责任提供其他可行的治疗方案供病者选择。

其实,没有医学背景的患者,要消化一大堆言辞艰深、似懂非懂的医疗资讯、验血报告、X光报告、扫描报告、活检报告,只会头昏脑涨,不知所云。他们有病在身心乱如麻,也没有心情听医生逐一细数出血、穿肠、缺氧、中风、死亡等恐怖的并发症。很多病人到这时会扯白旗,说:"医生,呢啲嘢我唔识咁多。我信晒你,你帮我揸主意得㗎啦!(医生,这些事情我不懂。我信得过你,你帮我拿主意就成啦!)"医生此时只觉肩上压力千斤重,需有相当智慧、胸襟和气量来抉择。很难吗?其实也不难。我的内科启蒙老师爱德华教授告诉我:"只要你把患者当成你的至亲,再难的抉择也会迎刃而解!"

话虽如此,间中也有些较主观的患者会陷医生于不义。如果他们执意要选择一些主诊医生觉得不太妥当的方案,医生应该坚持原则,不听话就请他们另聘高明;还是应该尽量顺应病者的要求?

肠癌切除后,大肠的两端要接驳起来。贴近肛门的直肠癌,手术后吻合口渗漏的风险很高。为了避免秽物渗入腹腔引起腹膜炎,医生通常会在小肠做一个临时性的造口排便,待大肠的吻合口愈合,再把小肠的造口关上。这是大家公认的比较安全、保险的办法。

最近有一个直肠癌病人在手术后,其吻合口出现渗漏,并发症此起彼伏,差点儿丢了性命。我问主诊医生:"为什么不做小肠造口?"

主诊医生一脸委屈:"我讲到口水都干!病人点都唔肯,系都要一次过搞掂,硬系要我同佢搏一搏!(我讲到口干舌燥,病人怎么都不肯做造口,一定要一步到位,非要我和他一起赌一次!)"

医生证明

行医最重要的是什么？是医德？是医术？

答案是病人和社会大众的信任！

医生问病，要求病人打开心扉，尽诉心中情。如果病人不信任医生，说话吞吞吐吐，甚或在最要紧的关头留一手，医生实在不易找到问题的症结。

患了病，是最彷徨的时候，最希望能找到一个值得信任的医生，替自己拿主意。要动手术、施麻醉，简直就是把性命交托给医生了。如果在那些时刻还要担心医生是不是在谋财害命，日子就难过得很了。

医生的诚信，是良好医患关系的基石。大众都相信医生不会说假话，所以一张医生证明是有分量、有说服力的。

树大有枯枝，卖医生证明、让病人骗取病假的官非时有所闻。负责监管医生的医务委员会衮衮诸公，也明白大众对医生操守诚信的期望，知道医生整体的信誉来之不易，所以对待那些害群之马的态度是严厉的。但可惜能入罪的,只能限于连病人都没见就发证明的医生。对于病人诈病把医生蒙在鼓里,或医生心知肚明而顺水推舟的个案,却是束手无策,因为归根究底,都是大家"讲个信字"而已。

曾有城中富豪施施然出入富豪饭堂,翌日出示医生证明,以健康为由不上法庭,惹得舆论哗然,市民冷笑。

"如此得到了世界,丧失了灵魂,值得吗?"我不信鬼神,却相信"心之所安"四个字。

不知道写那证明的医生出自谁家的门墙,师门蒙羞了!

三个夹子

结扎胆囊管，是胆囊切除手术的重要步骤。胆囊管结扎不牢固，胆汁便会从胆管渗漏到腹腔，引起腹膜炎，是极凶险、可致命的并发症。

微创手术未普及的时候，割胆要在肋下来一刀。胆囊切下来之后，胆囊管以可被人体吸收的缝线结扎。我的师父郑志仁教授当年在广华医院传授的方法，是用带线的针先缝一下再结扎，以保证缝线不会脱落。

用腹腔镜切胆囊，只在肚皮上打几个小孔，结扎、缝针都有些难度。医生多采用金属的小夹子来关闭胆囊管。很多医生担心一个夹子不保险，都在胆囊管的残端多下一个夹子。"第一个为病人，第二个为医生。"言下之意，第二个夹子不是必需的，但可令医生更放心，晚上能睡个好觉。

美国医疗官司特别多，外科医生都提心吊胆，大多爱在胆囊管残端下三个夹子：第一个为病人，第二个为医生，第三个为律师。

其实，夹子与夹子之间的组织的血流已被切断，很快就会坏死，多下夹子的作用不大。胆囊管较短的病人，勉强多下夹子，只会令几个夹子重叠起来，徒然增加渗漏的风险，是画蛇添足。

自从二十多年前引入腹腔镜手术，我都是提倡只在胆囊管好好地下一个牢固的、可吸收的塑胶夹。这么多年来，庆幸从未遇过漏胆汁的病例。但是，万一上得山多终遇虎，在法庭上遇上口若悬河、引经据典的控方大律师，又会不会"秀才遇着兵，有理说不清"呢？

指引与守则

医生替病人诊治,一贯都是凭着一己的专业知识和经验,替病人选择最上算的诊断和治疗方法。

医疗科技一日千里,弹指间先进的诊断仪器、微创手术、新的药物和疗法接踵出炉,有些实在有效,有些尚在试验阶段,还有些是有害无益。临床医生虽然努力于在职培训,也难免花多眼乱,遂有《临床指引》(*Clinical Guidelines*)。

《临床指引》和医学教科书有点不同。教科书由一两位权威执笔,多少有点个人色彩。《临床指引》由权威的医学组织牵头,并由多位跨学科的专家,针对一些较常见的病例,分析了在文献上发表有关某种病的所有研究报告,以及审视了现今所有的科学和临床资料的总结,该是比较客观和持平,以供临床医生参考。

例如英国肠胃学会(British Society of Gastroenterology)就曾制定了一套《急性胰腺炎的指引》:根据我们对这种病的认知,对如何断症,怎样估计严重性和药物的疗效,何时该以内镜取胆管内的石头,以及何时应切除胆囊以防止复发等等都做出提议。然而,《临床指引》亦有局限:只能为某种病提出概括的诊治方案,但不可能考虑个别病人的特殊情况。例如老人家同时有几种病,临床时就要有取舍。

　　我天天都拜读古德明先生在日报的专栏。古先生的文字功力和译笔,我是佩服的。但他把 *Clinical Guidelines* 译作"临床守则",我却不敢苟同。守则是规矩,逾越了就是违规。为人医者不得和病人谈恋爱、不得收受病人和家属的红包,都是我们的专业守则(Professional Code);犯了会被同行唾弃、被医务委员会制裁。指引却是指导性的,主诊医生可因应病人的情况酌情处理。

　　如果活的指引变成了死的守则,医生只能按本子办事,临床的决策丧失了灵活性,绝非病人之福。

难得糊涂

"医生,我仲有几耐命?(医生,我还可以活多久?)"是为人医者最难回答的问题。

我习医的时候,医生极少与病人讨论生死问题。医学院的老教授甚至禁止我们在病人面前提及癌症、肿瘤等敏感名词,报告病历时要用细胞分裂病变(Mitotic Lesion)、占位性病变(Space-Occupying Lesion)等病人听不懂的词汇来替代。近年知情同意(Informed Consent)的概念抬头,医生要将病情向病人交代得一清二楚,然后一起磋商治疗的方案。

手术后不到一年,电脑扫描显示,云妮的癌病有复发迹象。要把这消息告诉她,医生心里不好受;尚在盛年的云妮听到坏消息后,诊症室的气氛更是一片愁云惨雾。

"医生,我仲有几耐命?"病人睁开含泪的眼睛问。

这真是不好说的问题,虽然癌症复发病情较悲观,但癌细胞生长的速度、病人身体的反应、化疗药物的疗效,都是未知之数。

医生心里知道同样情况的病人，在文献上统计的五年和三年的存活率是百分之几；但面前的病人到底还有多少日子实在很难估计。

"医生，您别骗我！我要知道真相！"云妮着着进迫。

医生心里一边盘算，化疗不一定有效，癌肿可能迅速增大和扩散；一边想到病人可能有很多心事尚未了结，要把握珍贵的时间，最后拼出了一句极不愿意说的话："最差的情况，或许三到六个月吧。"

云妮的整个世界刹那崩塌了。医生的解释、治疗的方案、安慰的话，什么再听不进耳，萦绕心头的只有"医生说我只剩下三个月命"。

世间事，有时还是糊涂一点好！

天机

外科医生的职业病,就是总是向最差处想,事事先做最坏打算。

中秋佳节,良朋共聚烧烤赏月。友人提起家中的外佣被长辈的轮椅一碰,股骨给撞断了。

"病情恐怕没有这么简单!"我脱口而出。骨头受到些微外力就折断,医学上叫"病理性骨折",这显然是骨头变得脆弱,而骨质疏松、维生素 D 不足、骨髓炎、遗传疾病、肿瘤都可以是病因。

"极可能是癌症转移,肺癌和乳癌的几率最大。"我继续说。外佣姐姐未到更年期,即未入骨质疏松的高危期;香港阳光充沛,皮肤能产生足够的维生素 D,患原发性骨瘤较罕见,病发多在青少年,而最常转移到骨骼的癌,是肺癌和乳癌。

听着,友人和太太脸色一沉;外佣姐姐的医药费、是否要送她回国、她回国后能否妥善治病等棘手问题在他们的脑海一一浮现，赏月的兴头顿时消减了大半。

早前另一好友来电，诉说太太性情大变，三更半夜要找千奇百怪的东西吃。我记得嫂夫人有肺癌病史，几经艰苦的治疗，已有数年没有复发。两口子正认真地在享受劫后重生。如今她性情突变，行为怪异，可能是额叶症候群（Frontal Lobe Syndrome）的表征。我马上想到，癌细胞可能已转移到嫂夫人掌管情绪和嗅觉的脑额叶。然而，当时我不敢明言，只是叮嘱好友马上为太太安排复诊。可是，好友隔着电话已感到我的担忧，语音也马上冷了下来。

东汉末年的神算子管辂，道术通玄，能知过去未来。有人劝他收敛，不要轻易泄露天机，免遭天谴。我不信鬼神，也不担心报应，但回心一想，自己既不是主诊医生，太负面的信息，是不是应该留点余地，不一一宣之于口呢？

病 历

当年在威尔斯亲王医院看外科门诊,最恼人的是找不到病人的病历牌板。

病人出院,其病历理应归还中央档案室归档,到他复诊时,再从中央档案室转借到门诊部。但有时因医生未填写出院摘要,或未归档,或记录被科研人员借了去做研究,或其他种种原因,病人在候诊室等着,牌板仍遍寻不获。

那时我年少气盛,坚决不肯为找不到病历的病人看病。事关没有临床记录、凭臆测替病人诊治,犯了错误可负责不起。那么,病人要呆等,甚或要多走一趟,自然不高兴,也容易和医护人员起摩擦。

在巴布亚新几内亚却没有这个问题。病人的资料,包括在健康中心打的防疫针、诊所的转介信、出院摘要等等,全都写在病者提供的一本单行簿里。当地医院的效率低,但有了这小本子,病历找不找得到,再也不重要了。大概因为每个人都最着紧个人健康，也鲜有听闻病人遗失了其小本子。

近年香港的政府医院及私立医院都争相采用电子病历记录。虽然电脑尚未能完全取代写或印在纸上的病历，但医生用电脑查看病历、检验结果、X光图像却方便得多。可是，这招致病人投诉："医生只顾望着荧幕，正眼也没看我一下！"

电子病历另一大优点，就是病人因急症入了不同的医院，医生仍可在网上查找他的病历资料。对此，病人可向医管局申请一个密码，好让私家医院或诊所凭那个密码，查看他们在政府医院的病历和检验结果。这系统方便了病人，也间接鼓励了一部分有经济能力的患者转用私营医疗服务。但据我观察，很多病人都是"一脚踏两船"，昂贵的长期药物在政府医院领取，要慢慢倾就找私家医生！

孖女

巴布亚新几内亚最令我难忘的,是当地人的笑容。他们拥有的物质比我们少得多,但他们的笑容却远比我在香港街头见到的更灿烂!

我每次回莫尔兹比港,当地医生都会为我准备一大堆病人。其中有些是奇难杂症,想听听我的意见;也有些病例是他们特别留起来,要我带他们做一些没有太多经验的手术。

我每年都会回去一两次。这次回去,印象最深的是一对孖生姊妹(孪生姐妹)。她们还未满二十岁,都患上了胆囊结石。割胆囊是常规手术,当地医生胜任有余;但他们想学习微创技术,要我带他们用腹腔镜切胆囊。

姐姐先上手术台。第三世界的胆囊从不容易切,因为病人总是多次发炎后才求诊。腹腔镜切胆囊,一般是一个小时以内的手术,但因为要指导当地医生,手术护士也不是熟手,足足要三个多小时才完成,连累妹妹的手术延至翌日进行。纵然妹妹的病情较轻，但我要教当地医生在腹腔镜下缝针，也是三个多小时才完成手术。

到外地开刀最恼人的，就是行色匆匆，病人未完全康复就得离开。我去机场前到医院看望做完手术的病人，还叮嘱我多年前的学生、现今的驻院医生柯士维，每日用电邮汇报她们的进展。

两天后，柯士维报告姊妹花出院了，并安排她们手术后一周复诊。再过两天，柯士维告诉我，她们没有出现。我心中忐忑，难道出了什么问题？但再三回顾手术的过程，也想不到哪里会出乱子。

过了一天，柯士维再有电邮。他联络上孑女的父亲：原来学校中期试，两个女儿赴考，不回来复诊。

微创手术后只需一周复元，不像剖腹手术要六周才能恢复。若两千金中期试报捷，就是我这次旅程最美好的回报了！

择吉

凡是影响深远、结果又不受主观意愿控制的决定,最令人忐忑。信鬼神的,会求神问卜。信天主的,会祈祷求主保佑。

嫁娶、搬家、开业等大事,很多人都会查查通胜,择个吉日,冀望结婚能白头到老、新居入伙能丁财两旺、新铺开张能骏业宏开。入院施手术的病人,有时亦会向医生提出要选择日子动手术。这类要求大多因为工作或家事的安排,如父母为了不影响子女的学业,会要求把他们的手术安排在暑假。在可能的情况下,医生会尽量满足病人的要求。亦有少数病人是在请教星相家或历书之后,要求医生在吉日吉时动手术。这情况只会在私家医院碰到;在繁忙的公立医院,能排上手术档期已是万幸。急症手术是救命的,也无从择吉时才下刀。

开刀的日期,对手术的成败有影响吗?到底有没有"宜开刀"或"忌见血"的日子呢?每年的2月和8月,是风险最高的月份。实习医生和驻院医生都在这些月份换班,大家都是新手。大时大节，也不是做手术的最佳时机。假期虽然仍有医生和护士值班，但人手始终没有平常那么充裕。

我喜欢把最复杂的大手术安排在星期二。病人可以在星期一入院，有一个工作日把手术前的准备工作安排妥当。手术后有星期三、四、五一共三个工作日让病人度过并发症最常出现的关键时刻。周末来到的时候，病人已脱离危险期了。

快刀

一百次外科手术,有九十九次可以闲庭信步。外科医生不必和时间竞赛,可以从容地逐层解剖,每个小小的出血点都仔细电凝止血。细致的手术,对组织的损害较轻,复元较快,并发症也会降低。

但若遇上大出血的患者,这一套就行不通了。如因车祸或高处堕下腹部受伤、引起大量内出血的时候,紧急剖腹手术是分秒必争的。人体的血液约有五升,出现休克时失血已近两升,输液、输血只能暂救燃眉,必须火速找到出血的地方,停止失血。

此时不能再花拳绣腿,得重拾旧日"大国手,大切口"(big surgeons make big incisions)的豪迈作风,来个长长的切口,三扒两拨就杀进腹腔。鲜血和血块如潮涌出,要在乱军中找到出血的地方并妥善止血并不容易。老师傅教的方法,是先把小肠移到腹外,再用纱布塞进腹腔的右上角压着肝脏,塞进左上角压着脾脏,暂时控制住场面,方能有空间寻找出血点。

钝性腹部外伤能导致肝破裂、脾破裂或肠系膜撕裂，都可以引起腹内大出血。脾脏处于腹部的左上方，是腹腔内最易因外力冲撞而破裂的内脏。撞得四分五裂的脾脏，难以修补，两只大血管钳夹着脾蒂，clamp, clamp, cut，脾脏就切下来，出血也停止了。切除了脾脏会削弱身体的免疫力，但在大出血休克的伤者，大前提是止血，只能弃脾保命了。

控制了失血，患者稳定下来，外科医生松一口气，不必再快刀斩乱麻，可以换一个节拍，仔细逐一检查腹内其他器官有否受损，再缝合肚皮。

出茅招

手术中遇到出血,外科医生可用电凝、结扎、缝线来处理出血点。这些方法,只适用于肉眼能看见的血管;微丝血管出血,只能靠血液自行凝固。血不凝,最巧手的外科医生也束手无策。

大出血时,病人休克,要紧急输血抢救。可是,经储存的血液缺乏凝血因子和血小板。而输入大量经冷藏的血液令患者体温降低,使血液更难凝固。休克、大量输血、血凝失效互为因果,陷入恶性循环。输血接近十包,已超过了危险线。此时,伤口广泛性渗血,电凝、结扎、缝线都不奏效,沾满血的纱布一块又一块挂到纱布架上,吸液瓶逐渐满溢,手术室内四面楚歌。

这是外科医生最不愿意见到的场面。到了这个田地,要控制场面只有一个没办法中的办法:把大量纱布塞进伤口,压着渗血的地方来止血。这是个不太体面的止血方法,我已多年未用过,想不到上周竟然大派用场。

塞纱布只是权宜之计。纱布是外物,放入人体会引起感染,七十二小时内就会引致血中毒。可是，用这"茅招"抢回来的数十小时，却足够令患者稳定下来。我们利用这喘息的空间充分输血，最重要的是大量输入含有凝血因子的冰鲜血浆（Fresh Frozen Plasma，FFP）和大量血小板；再回到手术室取出纱布时，血凝已恢复正常，万事大吉。

是谁救回这大出血的病人？真正的功劳肯定是归于无偿献出血液、血浆和血小板的捐血者。

有骨在喉

鱼是美食；清蒸、红烧、香煎、滚汤、咸菜煮、古法蒸、咖喱烩、番茄煮……烹调的方法不胜枚举。

外国人也喜欢吃鱼，但他们处理鱼获的方法很不一样。我挪威籍的襟兄，钓到鱼后全部都削成鱼柳，鱼头、鱼骨都抛回海里喂螃蟹。我妈妈到访时看得直了眼，不停低声自言自语："哎呀，咁嘥！（哎呀，这么浪费！）"

把鱼头、鱼骨一起上碟的吃法，合乎节俭的原则，但一不小心就会鲠骨。小时候鲠了骨，祖母会吩咐快吃个饭团，把骨带下去。古法则相传喝些醋能溶解卡在喉咙的鱼骨。可是食用的醋，不论是白醋、苹果醋、浙醋或山西陈醋，浓度都不足以溶解鱼骨。记得当年我在广华医院守外科第一线的时候，每晚当值都有多名病人因鲠鱼骨入院，要进行喉镜检查及取骨。

其实大部分鲠了鱼骨的病人，只是刮伤了喉咙，骨头早已咽下，会顺利排出。有小部分病人的鱼骨卡在喉头，要在局部麻醉下用喉镜取出。偶尔鱼骨刺穿食道，引起感染，从颈部蔓延到纵膈及胸腔，便有生命危险。我遇过一位病人因右下腹痛入院，手术前以为是阑尾炎，开刀时发现阑尾正常，但是小肠被鱼骨刺穿了引起脓肿。手术后再三追问，患者也记不起曾经鲠骨。

印象最深刻的，是一位被猪骨刺穿食道和主动脉、引致血如泉涌的病人。当了多年外科医生，来不及换手术衣就冲入手术室，这是唯一的一次。可惜仍是抢救不及。

一代风流

多年前香港中文大学医学院学生会邀我在周年晚宴演讲,给我的题目是"医生的人际关系"。我为他们讲了一个小故事。

话说有一位年近九十的老人家要入院做小手术,住进了威尔斯亲王医院的私家病房。傍晚查房时,我感觉病房的气氛明显和平常不同。上至风韵犹存的护士长,下至青春逼人、刚从护士学校出来的小姑娘,甚至负责清洁病房的大婶,眼睛里都闪着光芒,脸上红彤彤地挂着微笑,步履也比平常明快。大家都好像春天的蝴蝶,围在老人家的床头团团转。

我心中纳罕:年近九十的老人家,怎么比电影里的英俊小生还要吃得开?冷眼旁观,才发觉老人家有一套本领:他总是笑眯眯的,说话不多,但他和你说话时,却有办法令你觉得你就是世界上最重要的人。

我为师弟妹说这个故事,是想提醒他们看门诊时,不要只顾着写病历、打电脑;眼尾都不看病人,人家又怎会聆听你的嘱咐?

病人太多，时间太少，怎么办？我的内科老师、爱尔兰籍的奥德华教授说："和病人倾谈三分钟，却能令对方觉得你已给了他一整天，这就是临床的艺术。"

当年老人家在病房的一幕仍历历在目。屈指一算，已是二十多年前的事。那位老先生是谁？就是刚离开了我们、享龄一〇七岁的邵逸夫先生。

大概天国里的天使，现在正好像当年病房里的护士小姐一样，口角含春地围着六叔团团转！

阿 Sir，一路走好！

吊盐水

在繁忙的外科急症病房,时常有超过一半的病人在吊盐水。

第一例以静脉输液抢救病人见于 1832 年。当年,霍乱在英伦三岛肆虐,持续不停的腹泻令病人严重脱水。爱丁堡的托马斯·拉塔(Thomas Latta)医生,鉴于口服和灌肠补液体在病情严重的病人身上都不奏效,于是决定背城借一,把大量盐水直接灌到濒死病人的静脉里。在对消毒无菌和电解质平衡都不甚理解的年代,居然给他用这方法在鬼门关前抢回一些性命,可算是异数。

静脉输液不可以用蒸馏水。清水渗进红血球内会令红血球膨胀破裂,造成溶血。输入血管的液体浓度要和血的浓度相若,可以用 0.9% 的盐水(即生理盐水)或 5% 的葡萄糖水。

为吊盐水的病人处方每天要吊的液体,是实习医生的工作。盐水、糖水、林林总总的电解质和添加剂,或会令初入行的新扎师兄不知所措。其实背后的原理很简单。正常的成人每天需要二升至三升水,不能进食的病人该每天输液二升至三升。葡萄糖水和生理盐水的比例是两甜一咸。从鼻胃管、引流管或腹泻流失的液体，可按昨天流失的量以生理盐水补充，再按验血的结果调校一下电解质（主要是钾）就差不多了。

　　静脉输液，俗称"打点滴"，是补充体液和抢救休克病人最有效的方法，但有感染、静脉炎、循环系统超负荷等风险。如果因患者的要求或经济的考虑，为发烧感冒、宿醉或只是疲倦的"病人"打点滴，就违反了医生"毋为害"（Do No Harm）的大原则了。

药石乱投

"食错药"的后果可大可小。在医院开药、配药、派药要三番五次核对，务求达到零错误。可是，人总有疏忽的时候。医院病人众多，"忙中有错"的事件间中或会发生。每当发放药物的流程出了纰漏，不管最后病人有没有吃进药物，也不管药物对病人有没有造成不良影响，医院上下都有责任检讨，探索引起错误的根源，以避免同样事件再发生。那些检讨，定时要在"早祷会"中向管理层交代。

举例小孩子发烧求诊。配药员配化痰药时看漏眼，把医生处方的粉剂错配成颗粒状的配方。药物的本质和剂量都是一样；孩子的妈妈取药时发觉药物的样子不同，向职员查询，才发现错误。

之后，查看医生的处方，像"水蛇春"般长。有止咳的、化痰的、收鼻水的、治喉咙痛的、顺气的；抗生素、退烧药也有几种，一共十二种不同的药物。"这小孩子到底患了什么病，竟要吃这么多药？"我问。原来是感冒发烧，大多是过滤性病毒引起，其实过几天就会不药而愈。在西方国家，这些小恙不鼓励看医生，更不会到医院急症室去。

"教授，你有所不知了。今时今日，不多开几种药，父母哪会满意？"同事苦笑着解释。怪不得我的小女儿早年向我投诉："爸爸，点解家姐和我病咗唔使睇医生，又冇药食？我同学病咗，好多药食㗎！（爸爸，为什么姐姐和我生病都不用看医生、不吃药？我同学生病要吃好多药呢！）"

寒流

天气转凉，勾起了我的回忆。

我初入行时胃溃疡在香港极为普遍。当年在威尔斯亲王医院，每天都有好几个病人因溃疡侵蚀了胃壁的血管，引起急性胃出血而急症入院。少的每天三五人，"旺场"时或超过十名，令我们搞消化科的疲于奔命。

胃出血非同小可，随时有生命危险。每当有胃出血病人入院，我们便得忙着抢救、输血、照胃镜等等的工作。那时经内窥镜止血的方法刚开展，止血不成功，还得马上把病人送入手术室开刀。

不知道为什么，在寒风刺骨、被窝暖和和的最舒服的晚上，胃出血的病人特别多。我那时想，难道老天硬是要和我过不去？

后来翻查文献，发现寒冷可能是溃疡发病的诱因；在实验室，只要把白老鼠浸在冷水中，几小时内白老鼠胃部就会出现急性溃疡！

我和天文台联系，找来几年的气温记录，和医院胃出血入院的人数一对比，果然发现寒冷天气和翌日胃出血的发病率有密切关系。

　　是寒冷直接对身体构成压力导致溃疡？还是着了凉而多吃了能引起溃疡的感冒药？还是另有原因？还待进一步研究。

　　近年发现了溃疡病的元凶——幽门螺杆菌。只要吃一星期抗生素，杀灭了杆菌，溃疡就能治愈断尾。再加上有了强力有效的制酸药物，溃疡出血已不如当年那么猖獗。但随着人口老化，长期吃阿司匹林类药物来防治心脑血管疾病，及因关节疼痛而要吃风湿止痛药的长者增多了，这两类药物都是"坏胃"的，近年已成为胃出血的主要诱因。

　　天气转凉了，如果你曾有过溃疡病史，或者需要长期吃药的话，请谨记加衣保暖！

挽燕姐

医生最怕在饭局中失惊无神有人"问功课"。

很多人都会在社交场合向在座的医生问病,但动机或有不同。有些人是希望找一个共同话题,好让医生发表一下高论。我初出茅庐时,也曾就着一知半解的病例,口若悬河,自我感觉良好一番。也有些人是借机会把自己的腰酸背痛描述得绘声绘色,以博在座众人的同情。当然,真的求助的亦大有人在。

燕姐在午间茶叙时对我说:"钟医生,你替我看看,这是什么药?"

我接过一看,是西米吐丁(咪嗜丁),是抑制胃酸的特效药。二十年前,这药改写了胃溃疡的治疗。

燕姐继续说:"这药真的不错,吃了胃就不痛了!"

"照过胃镜没有?"我问。凭症状可大概猜到上腹痛的原因,但远不如内窥镜检查准确。

"去了公立医院排期,要等到明年呢!你能替我排个快期吗?"

"到私家医院倒不必轮候,只是要花几千块钱。"

"哈,我刚刚花了6000块买了张大床,哪里还有这么多钱看私家医生!"燕姐一贯是众人的开心果,一句话惹得哄堂大笑。我就没有再说话了。

燕姐再没有提起胃痛,再找我的时候胃癌已扩散,不能切除。

步入中年,无端端胃痛,可能是胃癌的征兆,不可掉以轻心。特效药亦可以暂时抑制胃癌的症状。这两点都是我教学生时经常挂在口边,特别强调的。

今天是燕姐出殡的日子——以后的茶叙再不会听到她的笑声。

假如……也许……

坦白从宽

"医生,你千万不要把坏消息告诉家母,我们担心老人家一旦知道自己患上了癌症会受不了。"

在前线工作的医生,尤其是外科医生,久不久就会遇到家属这样的要求。

子女爱父母,不欲老人家受刺激,可以理解。医生要和病人交代坏消息,也不是一件讨好的工作。但老人家生活阅历丰富,身体出了变化可能已经心中有数。做各种检查,照这样照那样,再要做手术和其他的治疗,怎会猜不到真相?若要刻意隐瞒,只赔上了病人对医生和家人的信任。若病人旁敲侧击地向家人打探病情,兄弟姊妹中有一个人不小心漏了口风,也会引起家庭里很多不必要的矛盾。倒不如一早坦白,大家一起想办法面对。再者,老人家可能还有很多心愿未了,有很多事情要交代、要安排。一旦病情恶化,体力和精神都不逮的时候,或会埋怨家人瞒着他,令他错失了时机,留下了遗憾。

子女们最担心的,是害怕病者会自暴自弃,放弃治疗,甚至了结自己的生命。病人听到坏消息,震惊过后,痛定思痛,最担心的可能不是死亡,而是会不会受很多痛苦,及身体转弱、不能照顾自己时会不会成为家人的负累。医生要做的,是好好释除家人和病者的疑虑,和他们一起走这段不好走的路。

"To cure sometimes, to relieve often, to comfort always.(偶尔治愈,常常舒缓,时时安慰。)"这是美国19世纪医生爱德华·特鲁多(Edward Trudeau)留给我们的座右铭。

亦有些病人劈头第一句就说:"医生,你乜都唔使同我讲。你同我揸晒主意就得嘞!(医生,你不用跟我解释这么多,你帮我拿主意就好!)"

管中窥豹

学师时，手术遇到困难，要向师傅或师兄搬救兵的时候，他们总是教我把腹部的切口多切大一点。

切口大了，病灶能清楚暴露出来，操作的空间也多了，手术自然顺手得多。

"大国手，大切口。(Big surgeons make big incisions.)"是我的外科启蒙老师高伦教授的口头禅。

可是大切口会为病人带来难忍的痛楚，长长的疤痕也不好看。中国人相信，大手术会伤了"元气"，甚至令癌症加速扩散。

近年的研究发现，手术带来的创伤，确会削弱身体的免疫力。中国人的传统智慧，有一定的道理。

约二十年前，德国的医生利用腹腔镜，以细长的仪器，透过在肚皮上的几个小孔进行手术。但当年这种"微创"手术，却得不到医学界的权威人士认同。龙头大哥们认为这是雕虫小技，嗤之以鼻。

可是群众的眼睛是雪亮的。腹腔镜手术避免了长长的切口，手术后不用挨痛，也没有不雅观的疤痕。腹腔镜切胆囊、切阑尾，极受病人欢迎。接着，心胸外科、泌尿科、小儿外科、神经外科也争相引入这种新技术。十多年下来，越来越多手术采用微创技术。翻一下文献，差不多所有外科手术都曾有人使用微创来完成，只有剖腹取婴是例外。

经腹腔镜投射到电视屏幕的影像是二维的，没有深度感。细长的仪器没有触觉，也不如外科医生的手般灵活。

微创手术对医生的挑战，肯定比传统手术要高。

顺其自然

年纪大了,身体的器官机能逐渐退化,是大自然不易的定律。现代医疗进步,可以"见招拆招"。

肾脏衰竭吗?可以血液透析(洗肾)。不能吞咽?可以放鼻胃管喂营养液,或在胃或小肠做瘘,一样可以供给营养;连肠胃也不吸收时,还可以经静脉喂食。肺功能支持不住?可提供家居氧气,甚或气管开口抽痰,再不成插喉驳呼吸机。只是脑袋退化,暂时却未有代替的好方法。

医生一贯的天职,是尽力抢救病人。现今21世纪,病不一定能医好,但若要延长寿命,却有很多颇有效的方法可以采用。

劬劳未报的子女,叫医生放手不再抢救的说话,不容易说得出口。

多年前妈妈和我戏言:"阿志,我病到不能动弹的时候,倘你胆敢吊着我的命,我死后化成厉鬼也不会放过你!"

我一位朋友的爸爸,用极工整的字体写了一封便条给他的子女，叮嘱儿女，到了康复无望的时候，一定要恳求医生替他打一针重重的麻醉药，不要让他受无谓的痛苦。

当然，这是不可能的。除了在欧洲少数国家以外，"安乐死"是不合法的。但是否该采用插喉管等等非常手段，来为不可能再康复的病人苟延残喘，徒然令病者受苦、亲者心痛，却很有商榷的余地。

如果病者在未病到不能说话或神志昏乱之前，有机会清楚地表达自己的意愿，家人的压力可以减轻一些，医生的工作也容易一些。

杏林纪事

手套

外科医生做手术时为什么要戴上手套？是为了保护病人不被医生手上的细菌感染？还是保护医生不被病人的体液或血液污染？

19世纪时，大家还未知道细菌是伤口发炎的元凶，外科医生穿着便衣、手也不洗就拿起手术刀，以致手术后伤口发炎及因感染死亡的例子比比皆是。到1847年，维也纳的塞麦尔维斯（Semmelweiss）教授要求医生接生前以消毒药水洗手。这简单的动作，令产妇感染产褥热的死亡率由15%降到1%。

之后，苏格兰格拉斯哥的李斯特（Joseph Lister）医生，提倡向手术仪器及伤口喷洒石炭酸（Carbolic Acid）来杀菌，大大减低坏疽的发生；伤口受了污染的病人也能抢救回来。但当美国外科的鼻祖霍尔斯特德（William Halstedt）医生把这方法引入约翰·普金斯医院（Johns Hopkins Hospital）的时候，却遇到意想不到的困难。原来手术室的护士长汉普顿（Caroline Hampton）女士，对杀菌剂极其敏感，一碰到杀菌剂，双手就起水疱。

霍尔斯特德医生当时正在追求汉普顿女士,看到她的纤纤玉手给杀菌剂折磨得不似人形,自然心痛得不得了。于是,他马上去信给固特异轮胎厂(Goodyear),要求厂方用造车胎的橡胶,为他的爱人做一对手套。汉普顿女士戴上的,就是历史上第一对外科手套。

半年后,霍尔斯特德医生和汉普顿护士结成连理。

最古老的手术

读过《三国演义》的朋友，或会记得曹操和神医华佗的一段过节。话说曹操头痛得很厉害，找华佗诊治。华佗认为病因是风涎积在脑袋里（大概是颅内脓肿），要用利斧砍开脑袋，取出风涎，方可根治。曹操不相信，以为华佗要谋害他，便把华佗关起来拷问。华佗终于死在狱中，他的神妙医术也就失传了。

在头颅上钻洞，是最古老的外科手术。考古学家在欧洲、中东及南美的秘鲁，发现很多钻了洞的人头骨。其中有不少钻洞的地方有愈合的迹象，证明患者在手术后曾生存了一段较长的时间。

头颅被硬物撞击，颅骨破裂，可能撕破颅骨下的血管，引起颅内出血。血块压着脑袋，患者会神志不清、半身瘫痪，很快就会影响呼吸和心跳，性命不保。要抢救颅内出血的病人，须当机立断，马上做手术，取出血块，减轻颅内的压力。病人往往戏剧性地苏醒，并恢复活动能力，是个振奋人心的手术。

考古学家发现的头骨，很多都有碎裂的骨折，而钻的洞，往往就是在骨折旁边。我们有理由相信，巫医在头颅钻洞，是为了医治因外伤引起的颅内出血。

巴布亚新几内亚东面新英伦（New Britian）及新爱尔兰（New Ireland）岛的偏远地区，至今还保留着头颅钻洞的传统。手术采用传统的工具，亦要跟随繁复的仪式。手术前巫医先要用椰青水净手，这也有道理：原始社会没有消毒药水，而椰子里的汁液是无菌的。

依我看，脑外科手术，还是到手术室，在全身麻醉、无菌环境下进行比较稳当。

麻肺散

根据《后汉书》记载，在公元 220 年左右，神医华佗已懂得用"麻肺散"为病人施麻醉。

病人灌了麻肺散之后，失去知觉，华佗以尖刀剖开腹腔，用汤药洗涤干净，再缝合起来，四五天伤口愈合，一个月内病人复元。

典籍上描述的方法，跟现在我们处理腹膜炎的方法极相似。有现代医药的帮助，病人当下的康复速度也和千多年前华佗的病人差不多。可惜的，是除了华佗之外，没有人知道麻肺散的成分是什么。华佗遭曹操杀害之后，麻肺散就失传了。

要多等 1600 年，西方医学的麻醉科才开始萌芽。19 世纪中叶，牙医 Wells 在美国率先用笑气（Nitrous Oxide）为病人拔牙。现代麻醉之父莫顿（Morton）医生以药力更强的"醚"（Ether）在狗、自己和助手身上先做试验，继而为病人施较大型的手术，取得了空前成功。不说不知，他当年以橙精盖过醚的特有气味，不让旁人得知他的秘密武器是什么。但当他要到麻省总医院演示他的新方法时,却遇到阻挠。麻省医学会的成员一致认为,若莫顿医生不公开他的药方的话,不会提供病人给他。莫顿医生只好公布新的麻醉药是醚。

那病者是二十一岁的女孩,名叫爱丽丝,因膝关节痨病要截肢。爱丽丝吸入气化了的醚之后,睡得像死了一样,医生用针刺她的手臂也没有反应。外科医生三扒两拨完成手术。爱丽丝醒来的时候还不知道手术已完毕。这划时代的创新,轰动一时,也改变了外科的面貌。

安全、无痛的麻醉,为外科医生提供了理想的工作环境,无须再匆匆完成手术,可以"摊冻来食""慢工出细活",做出更精确、更稳当的手术。

A B C

1976年，美国一位骨科医生驾驶小型飞机失事，一家六口都受了重伤。送到医院后，受了伤的骨科医生发现医护人员鸡手鸭脚，乱作一团，才了解到当时的医疗教育并没有强调抢救重伤病人的窍门。康复后，骨科医生四方奔走，跟同道制定了抢救伤者的一套法则。这次不幸的意外，改变了全世界受伤病人的命运。

现在会遇上伤者的医生，不管是外科、骨科、麻醉科还是急症科，都要修读一个有关抢救重伤病人的课程。在美国，课程叫 Advanced Trauma Life Support（ATLS），在澳大利亚和新西兰有大同小异的 Emergency Management of Surgical Trauma（EMST）。在亚洲、非洲及太平洋区较落后的国家，也有因陋就简、提倡就地取材的 Primary Trauma Care（PTC）。

医生平常看病，可以好整以暇地先问病历，再替病人检查身体，然后做出诊断，再做治疗；但抢救重伤的病人，这一套就行不通了。重伤病人的病情急剧变化，医生要抓紧重点，迅速见招拆招。

抢救伤患，要谨记 ABC：

A 是 Airway，即是气道。咽喉或气管被呕吐物、血块或后坠的舌头阻塞，几分钟内就足以致命。保持气道畅通是首要工作。

B 是 Breathing，即是呼吸。肋骨多处骨折、胸腔积气、积血、肺部挫伤，都会影响呼吸，令病人缺氧。提供氧气及排除呼吸系统的问题，是抢救的第二部曲。

C 是 Circulation，即是循环。受伤的病人，每因外伤、骨折，或内脏破裂而大量出血，引起休克。止血及迅速以静脉输液补充血容量，是抢救的第三部曲。

记得 ABC，抢救时就不会手忙脚乱。

从野蛮到微创

在未有麻醉的年代,要倚靠孔武有力的助手按着病者,才能进行手术。而在这样的环境下,外科医生的动作一定要快。

古今中外最"有名"的快刀手,是苏格兰的医生利斯顿(Robert Liston)。利斯顿医生替病人截断下肢,只用了两分半钟。可惜病人因坏疽病不治。利斯顿医生同时也错手切掉助手的手指,助手也因坏疽而去世。手术中,手术刀划破了其中一位在旁观摩的医生的大衣。那位医生以为自己已被刺中要害,竟然活活被吓死。

这是在医学史上唯一死亡率达 300% 的手术!

1846 年,莫顿(Morton)医生在美国麻省总医院率先引入了醚为病人做全身麻醉。有了安全可靠的麻醉,外科医生才可以脱离野蛮的年代,从容地替病人进行较精细的手术。

犹是如此,传统的手术仍要在病人身上剖开较大的伤口。外科界一贯的教条是"大国手,大切口"。切口大,才能好好暴露体内的器官,提供理想的手术环境。然而,手术后伤口疼痛、复元时间较长、疤痕不雅观，是手术的必然代价；直到20世纪90年代，才受到微创外科的挑战。

微创手术利用细长的仪器穿入体内操作，避免了长长的切口。新技术引入之初，颇为老一辈较保守的医生诟病。但微创手术疼痛少、复元快、疤痕细，病人趋之若鹜。在短短十数年内，微创成为外科的新主流。外科医生的形象，也不像以往那么粗犷了。

称呼

医学院的临床老师该称为教授（Professor），还是医生（Doctor）？

英国医学院的传统，每个学科只能有一个教授（Chair Professor，讲座教授）。教授就是老板，有无上权威，凡事都是他说了算。系里的讲师（Lecturer）、高级讲师（Senior Lecturer）、副教授（Reader）都不能僭用教授的名号，只能叫医生。如果有谁说溜了嘴，误把教授叫作医生，是犯了大不韪！

在美国却恰恰相反。当地的学制，医科是本科毕业才修读的，在医学院毕业时是医学博士（Doctor of Medicine）。大学里助理教授（Assistant Professor）、副教授（Associate Professor）等全都称为教授，不一定人人都有博士学位。Doctor 比 Professor 高了一个档次，医学院的系主任都称作 Doctor XX，不叫 Professor XX。

其实，英国的医学院是本科制，毕业时是内外全科医学士，严格来说不能称作 Doctor（博士），但约定俗成，大家都称医生为

Doctor。

两三百年前，外科医生和内科医生势同水火。内科医生认为动刀动剪的外科医生没有文化，和理发师是同一类，不得使用 Dr 的名衔，只能称为 Mr。英国的外科医生本着一股牛脾气，认为叫作"先生"才够面子，于是把这传统沿用到今天。实习医生叫 Dr，外科培训时也叫 Dr，直到考到外科院士的专科资格，才恢复 Mr 的称谓。在英国见外科医生，称他作 Dr. XX，他可能会不高兴呢！

香港一直沿用英国的一套。近年教授的门槛降低了，副教授以上，不管是否拥有讲座教授的宝座，都统称为 Professor。只喜欢人家称他作 Mr 的外科医生凤毛麟角，记忆中只有昔日掌管东区医院外科的 Mr. Li（李家骅医生）。

还是莎翁说得好："一朵玫瑰，不管叫什么名字，同样芬芳。"（A rose by any other name, would smell as sweet.）只要能把病治好，管他叫大夫、医师还是先生。

顾问

到公立医院探病,病人的太太望着写着顾问医生、副顾问医生、医生等人名字的水牌在嘀咕:"张医生只是顾问,手术不会是他主刀吧?"究竟政府医院里的顾问医生是何方神圣?是否医管局从外面请回来的顾问?

循英国的传统,顾问医生(Consultant)是专科医疗团队的领班,肩负起病人医疗的终极责任。一众大小医生,都唯其顾问医生马首是瞻。

以前考专科院士,要远赴重洋到苏格兰,合格率出奇地低。专科医生人数不够,只能行顾问医生领导式的医疗服务(Consultant Led Service)。在20世纪80年代,伊丽莎白医院外科分A、B、C三组,各有一名顾问医生。广华医院外科有A、B两组,共两名顾问医生。规模较小的医院,如联合、明爱等,只有一位外科顾问。每位顾问医生辖下病床近百,自然不可能对每一位病人都亲力亲为;只能提供意见,指导及监督手下的医生团队治理病人。

近年，公立医院的水平不断提高，顾问医生的人数大幅增多，又增加了副顾问医生的职衔来留住资深的专科医生，以及刚考得院士衔头但尚未有位升职的专科医生。医疗服务的模式，亦逐渐由顾问医生领导，改变成专科医生提供（Specialist Provided）。治疗的每一个环节，都有顾问医生或专科医生负责。培训中的年轻医生要上手术台，也要有资深医生在旁指导。

资深专科医生亲上前线，当然是病人之福。只是顾问医生、副顾问医生、专科医生等头衔，却令不知就里的病人和家属摸不着头脑。还是内地的一套明白易懂：学科领头人是主任，病人临床治疗的负责人是主治医生，尚在培训的是驻院医生。

烛光晚餐

心理学家喜欢用白老鼠做实验。如果把一只白老鼠放在隧道中间,在隧道另一端放块芝士,老鼠自然会走向有芝士的一方。但若隧道两端都放了芝士,白老鼠就会左顾右盼,不知如何是好。

鱼我所欲,熊掌亦我所欲,二者不可兼得,就要有所取舍。如果没有权衡轻重的准则,难以抉择,便会感到迷惘、不安、焦虑。

病人手术后出现并发症,要再入手术室处理,但主诊医生约了心上人食烛光晚餐。遇到这样的情况,医生应该:A. 衡量病情,看看能否拖到翌日;B. 匆匆处理好,再赶去赴约;C. 请值夜班的同事接手,还是……

当年我刚考获外科医生的专业资格,马上就加入了中文大学的外科系。犹记得上班的第一天,在尚未正式开业的威尔斯亲王医院见老板。系主任李国章教授循循善诱,说了很多鼓励的话。他送我离开办公室时已是黄昏,李教授一手搭着我的肩膀,正色说:"老弟,我们部门的规矩是 The knife before the wife(手术刀比老婆优先)。"

有了这清晰的指引,因要入手术室而爽爱人的约是天经地义、理直气壮,不用再感到内疚不安了。

经过多次磨炼,我的老婆终于学乖了,怎么也不会同意在餐厅或街上等候我。宴请亲朋、家庭聚会、孩子生日、结婚纪念,她都会有两手准备。

真的要向所有外科医生的贤内助致敬!

X光片

医生巡房的时候,要看X光片,身边却没有看X光的光箱,一般都会举起X光片,迎着窗外的阳光或室内的灯光,粗略看看X光片对病情有什么启示。

不久之前我到缅甸做示范表演,同行的医生也是这样拿着X光片在比画。这个看似很简单的动作,勾起我一个极难忘的回忆。

那是很多年前的事了。当时我刚加入新成立的香港中文大学医学院,是外科年资最浅的讲师。一日老板告诉我英国的D教授将会到访,吩咐我务必好好招待。D教授素来严谨,年轻医生闻风丧胆。我自然不敢怠慢,战战兢兢地把病房整理得井井有条,才敢带领D教授查房。

一号病床的病人患有胆石,超声波的片子明显有胆石的影子。我把片子迎着窗外的光,说:"教授,您看……"D教授退了一步,戏剧性地用手掩着眼睛,厉声说:"钟医生,请不要让我这样看片子。你知道吗,曾经有病人因此误诊,白白送了性命!"

教授突然发怒，大家都慌了手脚。我恨不得地上马上出现个大洞，让我立刻消失。幸好护士长潘姑娘善解人意，急忙推出看X光的灯箱，才化解了僵局。

后来我痛定思痛，才明白D教授是用我来做一个生动的反面教材。当日和我们一起巡房的医生、护士和医学生都不会忘记，替病人诊断是极严肃的、丝毫不可苟且的事。

自从那一天，每次巡房，X光箱都寸步不离地跟着我。但在缅甸的时候，我却只是唯唯否否，没有像D教授那样大发雷霆。午夜梦回，实在愧对D教授于九泉！

创意

什么叫创意？英谚有云："需要是创意之母。"（Necessity is the mother of invention.）母亲找到了，父亲又是谁呢？网上"恶搞"的人认为，若果创意的妈妈是需要的话，爸爸一定是麦吉弗（MacGyver）。

麦吉弗是20世纪80年代美国同名电视剧里的英雄，最擅长以家居物品创造出人意表的工具，杀罪恶魔星，夺美人归。

在巴布亚新几内亚的日子，我经历了不少麦吉弗式的创意：以果汁瓶做胸腔引流，以鱼丝做缝线，以木工电钻做骨科手术。只要明白基本的原理，加上一点横向思维（Lateral Thinking），敢于尝试，自能以土法解决问题。但这些只是缝缝补补式的小技，不能算创新。要破旧立新，另辟蹊径，便要换一种思维方式。盒子外思维（Thinking outside the box）的灵感，往往要求诸专业以外的地方。

多年前我想以胃镜做手术，尝试设计一个内镜下缝针的仪器，但屡试屡败。平常缝针,是一手拿镊子把组织固定,另一手拿针来缝。内镜下无法把要缝的组织固定好,针只能把胃壁推来推去,不能穿过。

直至一次,偶然看到猎鹰捕鱼的纪录片,才灵机一触。鹰爪是从两边合起来的,所以能牢牢地抓着鱼。这就是我的 Eureka moment 了[1]。于是,我们造了一个像鹰爪的缝合器,果然解决了问题。

可惜,仪器最终未能以"鹰爪"命名。EagleClaw 的商标,给一家鱼钩厂捷足先登了。

---

1 古希腊先哲阿基米德坐在浴盆时,悟出以排水的方法计算皇冠的容量,开心地大口叫 Eureka,即"我找到了"。

慢板

为我穿针引线、大力推荐我到巴布亚新几内亚工作的是大卫。

大卫是苏格兰人，是外科医生。当年香港中文大学医学院刚成立，我和大卫同在外科系当开荒牛。他离开中文大学后，到了"最后的蛮荒"巴布亚新几内亚出任当地大学的外科教授。他在巴布亚新几内亚工作了八年，才因家庭原因整家徙居澳大利亚。他离开后，当地外科教授一职悬空了三年多。

"到巴布亚新几内亚来的人，泰半六个月内就捱不住。能挺过六个月的，就能落地生根了。"大卫告诉我。

我到任半年后，大卫到当地参加学术会议，顺便探望我。

"嗨！见到你真好！我也不用问你是否习惯这里的生活，看来你已经真正融入了巴布亚新几内亚的社会了！"大卫一手搭着我的肩膀，笑容可掬。

"何以见得？"

"我刚才看你走进大堂的步伐，已经和土著们没有两样了！"

大概是因为找到了合适的承继人,大卫一脸欣然。

在巴布亚新几内亚工作的三年,是最充实、最富挑战的日子。回到香港后最不习惯的,却是自己走路的速度赶不上。和朋友们逛街,一不留神,就会落到后面去。

"今天终于有人在街上走路比我更慢!"我欢天喜地地跟灵灵说。灵灵是我的长女,曾到巴布亚新几内亚探望我两次。

"爸爸,那人一定是你朋友,从巴布亚新几内亚来找你了!"灵灵说。

果然给她猜中了!正是在巴布亚新几内亚经营超市多年的柏哥回港探亲,找我饮茶叙旧呢!

学会说『不』

"在这里当外科医生,最要紧是学会如何说'不'!"

咸美顿医生和我在游艇会占据了一张向海的桌子,落日的余晖照亮了他的蓝眼睛。他呷了一口啤酒,打开了话匣子。

年近古稀的咸美顿在巴布亚新几内亚工作了数十年。退休后回到祖籍新西兰,但每年仍应邀回当地讲学和做手术。

我竖起耳朵,聆听这位极受土著爱戴的老前辈如何解决我在巴布亚新几内亚每天都碰上的问题。

"这里的资源,绝不足够医治所有的病人。你要学会怎样选,只能替最有机会复元的病人开刀。有些病入膏肓的病例,在香港、在澳大利亚和新西兰或仍会尝试抢救,但在这里,你要学会说:'对不起,我无能为力了!'这里的人乐天知命,很懂接受现实。只要你跟病人和家属解释清楚,他们不会做无理要求,而会带病人回家。"

我默然。

多年来，医学院的教授及我在接受外科培训时的导师，灌输给我的思想总是"尽力抢救，别考虑其他"。

对着眼中含着殷切期望的病人和家属，"无能为力"四字实难宣之于口。

"对，我们当医生的，尤其是外科医生，最困难是坦承有很多病是我们治不好的。多做点检查、多照张X光片、开个药方，甚或尝试开刀，总比要和病者一同面对现实容易！"咸美顿蔚蓝的眼睛紧紧瞅着我。

"手术室的时间宝贵，留给你真正能治好的病人吧！"咸美顿再呷了一口南太平洋牌啤酒。

食人族

从巴布亚新几内亚回来后,最多人问我的问题是:"当地真的有食人族吗?"

岛国中部高原的 Fore 族,丧礼十分"出位":他们是把去世的亲人吃掉的!他们相信,这样就可以把死者的生命力留存在族中。

我初次听见,觉得实在太不可思议,还感到很恶心。原来巴布亚新几内亚山区十分贫瘠,土人长期处于饥饿边缘,蛋白质十分珍贵。吃死去的亲人,取得他们的养分,未尝不是部族求生存的方法!

上世纪中叶,研究人员发现 Fore 族人有种奇怪的病,叫作 Kuru。病发初时,肌肉无力、肢体发抖、说话不清,再而失去行动和平衡能力,约一年内连说话和吞咽能力也丧失而死亡。经研究,发现这病是一种"慢性病毒"(Slow Virus)入脑所引起。几年前令我们闻之色变的疯牛症,也是由一种近似的慢性病毒引起。这些"慢性病毒"十分顽强,一般的消毒方法不能将其杀灭,在疑似病例用过的外科仪器都要统统弃掉！

　　Kuru 病的传染途径就是 Fore 族人吃人的传统习俗。族中妇女只能分得脑袋和内脏，而这些器官病毒含量最高，所以女性的发病率是男性的八九倍。后来，澳大利亚殖民政府禁绝食人习俗，Kuru 病才逐渐消失。但因为此病潜伏期可长达数十年，直到本世纪初仍有零星病例。

　　巴布亚新几内亚沿海以前也有食人族，他们也相信吃了人可以取得被吃者的力量。和在高原的 Fore 族不同的，是他们吃的不是死去了的亲人，而是被他们杀死的敌人。早年的探险队和传教士，间中亦有被土著烹了吃的。

缝 针

手术后,病人每每会问:"医生,缝了几针?"出了意外受了伤,报纸往往也报道:"送院后缝了××针。"

其实,缝多少针是由医生决定,不显眼处用粗针大线大针大针缝,脸上的伤口,用最小的针线缝得比绣花还细致。缝了多少针,和手术的大小及伤口的长短没有必然关系。

皮肤是人体抵抗外界细菌的第一道屏障。外科手术造成的切口,未受污染,没有细菌,缝合了几天就"埋口",也不用每天换药洗伤口。

外伤的伤口,只要污染不太严重,彻底清洗后也可以缝。但若伤口受到严重污染,或受伤后过了较长的时间才就医,细菌已在伤口内繁殖,缝起来伤口会发炎、感染。这样的伤口先不要缝,要每天清洗,到肯定没有感染时再缝合。

战场上的枪伤,更加不能缝。冲锋枪的枪弹速度快,穿过人体时散发大量能量,造成大面积的破坏,附近的组织都坏死了,成为细菌繁殖的温床。这样的伤口万万不能缝,缝起来只会引发坏死性筋膜炎和坏疽等致命的并发症。

我初入行时用的是有眼的针,缝线时要自己穿上尼龙线或羊肠线。后来用的都是连着线的针,比较方便,对伤口的创伤也较小。在巴布亚新几内亚时不一定有手术用的连线针,有时连有眼针也找不到。当地的护士教我以注射用的中空针,把尼龙鱼丝穿到中间,再用血管钳在针管外一夹,就成了土制的针连线。只要轻轻地,不大力拉扯,缝起来也挺顺手呢!

奶粉

巴布亚新几内亚被称为"最后的蛮荒",有一件事却是比我们进步——在巴布亚新几内亚,绝大部分的婴儿都吃人奶。若有特别原因母亲不能哺乳而要喂奶粉,法律规定奶瓶须由医生处方才能购买。

事缘当年无良的奶粉商人,把奶粉免费赠送给刚分娩的妈妈试用。婴孩用奶瓶吃奶,不再哺乳,过几天妈妈的奶水就收干,以后就要出钱买奶粉。当地卫生条件差,难以保证冲奶粉用的水和奶瓶等器皿的清洁,吃奶粉的婴孩极易染上肠胃炎。妈妈收奶后没钱买奶粉,弄至婴儿营养不良甚至死亡的案例也屡见不鲜。当地医学院的儿科教授见到这样,遂四方奔走,推动国会立法,救回不少儿童的生命。

母乳是婴儿最天然的食物,含有婴儿所需的所有养分,分量、成分都完全是为初生儿度身定做。母乳更带有妈妈身上的抗体,可增强孩子对疾病的抵抗力。吃母乳长大的孩子,日后患上肥胖、糖尿、哮喘和敏感的机会较低。妈妈亲自哺乳,和小宝宝的关系会更密切。哺乳的妈妈,产后身体复元会较快,以后患上乳癌和卵巢癌的风险也较低。

世界卫生组织建议婴儿该吃人奶起码六个月。很可惜,喂人奶在香港并不是主流。想坚持哺乳的妈妈,实在要有很大的决心和愿意做出一些牺牲。在职的妈妈,要喂母乳更是难上加难。中国可不像北欧国家,有法律保障在职妈妈哺乳的权利呢!

初生婴儿适应能力较低,奶粉成分改变、分量太多或太少,都可以影响小宝宝的健康,无良奸商在奶粉中加入的有害化学物,就更不用说了。

寄语不想让小宝宝输在起跑线上的父母,不要妄信宝宝吃了某某牌子的奶粉就会便便畅通、升读名校的广告。要孩子身心都健康地成长,母乳是最佳的选择!

白袍

　　白色的长袍,向来是医生身份的象征。医学生第一次穿上白大衣进入病房的时候,那份沾沾自喜的自豪感实非笔墨能形容。

　　西医的白袍源自实验室里的保护衣;在实验室里工作,要穿上白袍保护自己的衣服,不让实验室中林林总总的化学物品染污。19世纪的医生舍弃传统的黑色西服,改穿实验室的白袍,意味着西方医学已离开黑暗年代,进入了科学的纪元。

　　年轻的实习医生,如果没有白袍赋予的权威,只是黄毛小子一名,怎能获得病人信任?驻院医生和实习医生工作忙,忘记洗白袍是常事。本来象征洁净、消毒的白袍往往成为细菌的温床。

　　医学院的教授们经常告诫新扎师兄、师妹们:"医生袍一定要浆洗得雪白笔挺。"皱成一团,染上了污渍和血迹的白袍能传播疾病,还会使病人对医生失去信心。

　　白袍代表的权威,有时却成为医生工作的障碍。小孩子的心目中,白袍和"打针"是画上等号的,往往一见到白袍就哭个不

停。为了避免引起小病人不安,儿科医生大都不穿白袍。

今时今日,白袍已不再是医生的专利。在医院里,药剂师、营养师,甚至抽血的技术员都穿上白色的长袍。在旺角街头,推销凉茶的阿婶,也穿起了白色的医生袍。

难怪私人执业的西医返璞归真,不再穿白袍而重新披上玄色的、有条子暗花的西装,只是在口袋边上若不经意地露出听筒的耳塞就是了!

内科和外科

内科和外科的分野在哪里?

大概对医疗稍有认识的人都能告诉你,开药给你吃的是内科医生,而替你开刀的是外科医生。

多年前曾有病人跟我说:"外科医生可以处理皮肤疾患、疮瘤、外伤等,但要开胸剖腹当然要请内科医生来了!"令初入行的我啼笑皆非。

我的外科启蒙老师高伦教授的要求是:"外科医生是能开刀的内科大夫。"

内科医生文质彬彬,喜欢抽丝剥茧解决问题;外科医生粗豪,往往要在电光火石中作判断,过的是刀头舐血的日子。在医院里,内科和外科医生"不咬弦",是司空见惯的事。

从医院的架构上,内科和外科也是壁垒分明。内外科病房在医院各据一方。同是消化系统出了问题的病人,有些分在内科病房,有些分在外科病房,各按自己的一套方法处理。在内科病房的病人，如果病情有变需要动手术，要请外科医生来会诊。病情凶险，要紧急手术的，往往会引起不必要的延误。

近年有了内窥镜手术，不用开膛破腹，就可以用微创手术来止血、取石和割除肿瘤。内外科的分界线更加模糊。

从病人的角度看，最好当然是住进综合病房，内外科医生一起会诊，按照病情，替他选择最合适的治疗方案。选用药物治疗、内镜治疗、微创手术、传统剖腹抑或介入治疗，只考虑患者的需要，不用理会主诊医生是外科还是内科。但要完全打破内科和外科医生之间世世代代遗留下来的鸿沟，不是一朝一夕的事！

其实，胃溃疡就是胃溃疡，胆结石就是胆结石，胰腺炎就是胰腺炎，又有什么外科内科之分呢？

功夫茶

记得在爱尔兰念医科的时候，暑期回港在玛丽医院做交换生，在病房和门诊见过好几位食道癌的病人，清一色都是潮州人。

初期的食道癌没有症状。到患者发觉吞咽有困难，肿瘤已阻塞了接近一半食道。此后，其病情急转直下，从勉强能吃固体，到只能喝流质，至滴水不能下咽，往往只是三数月的时光。因为进食困难，患者很快变得消瘦孱弱。积存在梗塞了的食道的食物残渣和唾液溢入气管，极容易引起肺炎。切除食道是大手术，既要开胸切走食道，又要剖腹把胃移入胸腔来取代切走了的食道。20世纪70年代，手术的仪器及术后的深切治疗都较落后。记忆中，当年的食道癌病人都没有好结果。

吸烟和酗酒，都能够增加患上食道癌的风险。潮汕人的饮食习惯，也和食道癌有密切关系。卤水鹅、咸菜红烧猪肉、普宁豆酱，都是著名的潮州美食。腌制食物和发酵的过程，能衍生可致癌的物质。

潮州人酷爱功夫茶。去年我到潮州旅行，发现每家店铺，不论行业，都备有烹茶的小火炉，有客来时奉客，空闲时自己享受。潮州人喝茶极讲究。滚热的功夫茶，能烫伤食道的黏膜。经年累月的反复受损和愈合，在黏膜的细胞内种下了致癌的诱因。

近年食道癌在香港的病发率大幅回落。根据卫生防护中心的资料，男人的病发率在1983年是每十万人约二十一例，至2013年已降至每十万人约七例。现今患食道癌的病人，也不尽是潮州人了。旅居香港的潮汕人，也没工夫喝功夫茶了。

牛奶

全脂牛奶和脱脂奶,哪种比较健康?

三高症(高血压、高血糖、高血脂)是都市人闻之色变的富贵病,而肥胖是三高症的罪魁祸首。脂肪的热量高,每克达9卡路里。一向以来,人们都以为脱脂奶是较健康的选择。所以,超级市场的货架上,充斥着林林总总的脱脂奶类产品。

美国儿童肥胖问题严重,学校的午膳只提供脱脂或半脂奶。脱脂奶淡而无味,为了使脱脂奶更可口,制造商加入糖,或用朱古力、云呢拿等来提味。可是,近来的研究显示,真相在意料之外。

哈佛医学院跟踪随访了近两万名中年女性,十一年后,约有一半人变胖了。研究发现习惯摄食全脂奶类产品的人较摄食低脂奶类的人少发胖。哈佛另一项研究,在3000多名护士的血液中量度其奶类脂肪的含量,随访十五年后,有277人患上糖尿病。分析显示,摄食奶类脂肪能把患上糖尿病的风险降低约五成。

这些数据和营养学的一贯认知相悖。真正的原因是什么尚待

深入探讨。不过,研究人员指出,或许是因为脱脂奶不饱肚,喝完大杯牛奶仍饥肠辘辘,要多吃其他食物来充饥,引致肥胖。

我在爱尔兰念书的时候,寄居于包租婆 Miss Ring 的家里。每天清晨,送牛奶的伙计会把几瓶鲜奶放在门外。大概是因为没有添加剂的关系,稍放一下,乳脂就慢慢升起,浮在奶瓶的上半。味道如何?四个字:甜香满颊!

鸡蛋

"胆固醇"三字,令现代人闻之色变。血里面的胆固醇水平超标,增加血管硬化的风险,会引起心脏病、中风、肾衰竭等令我们不寒而栗的疾病。

鸡蛋最好吃的部分是蛋黄。可是,大家都知道蛋黄的胆固醇含量很高,不敢放肆多吃。为了健康的缘故,吃煎太阳蛋或水煮蛋的时候,很多人只敢吃蛋白,而把最美味、最富营养的蛋黄弃掉。金黄色、蛋香扑鼻、令人垂涎三尺的蛋炒饭,变成了兴味索然的蛋白炒饭。

然而,事情并不是这样简单。胆固醇不是毒素,而是所有细胞必不可少的成分。人体的器官之中,脑袋的胆固醇含量最高。我们的肝脏每天制造 1–2 克胆固醇,比一个蛋黄含的胆固醇(约 180 毫克)多十倍。多吃了胆固醇,肝脏就会自然做出调整,制造少一些胆固醇。多吃一只蛋黄,对血里的胆固醇浓度没有必然的影响。英国心脏基金会(British Heart Foundation)已在 2007 年取消了每周吃蛋不得超过三个的警告，最近更在其网站加上了鸡蛋的食谱。

蛋黄除了胆固醇，更含有丰富的抗氧化剂，以及多种人体必需的养分和维生素。一个鸡蛋的养分，足够让一枚细胞成长为一只小鸡。

鸡蛋是最经济、最方便、最富营养的食材。下次吃太阳蛋时，切记别再暴殄天物，不要只吃蛋白而弃掉最美味、最有益的蛋黄！

横祸

晴天霹雳,突然患上恶疾,第一个反应可能是震惊和拒绝相信。

"冇可能!"

"会不会是检验报告弄错了?"

痛定之后,震惊或会化为愤怒。

"上天真系冇眼,我不烟不酒,怎么会患上肺癌?"

"如果医生早些替我检查,就不会弄到如此田地!"

然后,病者会和自己,和造物主,和全世界讨价还价。

"若能痊愈,我愿意散尽家财,全部捐了给癌症基金。"

"我只想多活五年,看到儿子大学毕业。"

当病魔和死神都不为所动,不愿交易时,病者可能变得很沮丧,拒绝治疗,不肯见朋友。过了一段时间,比较豁达的病人可能会看得通,能接受现实,积极面对。

"拒绝""愤怒""讨价还价""沮丧""接受"(denial, anger, bargaining, depression, acceptance)是美国著名的精神科医生伊

丽莎白·屈布勒-罗斯（Elisabeth Kübler-Ross）提出的"哀伤的历程"（Stages of Grief）。

我们忽然失去了健康，丧失了伴侣，甚至失业、失恋，都会经过一个相似的历程。

每个人面对哀伤的反应不一样，哀伤历程的阶段也不一定有顺序，有些人可能深陷于其中一个阶段久久不能自拔。"哀伤的历程"，却能帮助我们了解病者和家属面临巨变时心中到底在想什么。

为人医者，必须明白：恶疾突如其来，对病者和家属是极大打击，未必能立即用冷静、客观的态度处理。唯有这样，我们才可以和病人及家属携手并肩，一起走这段不好走的路。

同意书

和病人签手术同意书，向来都是低级医生的工作。

记得上世纪80年代初有越南难民要做急症手术，几经辛苦找来翻译，把病情、手术、风险、后遗症等讲了好半天。翻译只说了半句，病人就拿起笔来了。

原来翻译把我的一番话总结成："医生说你要开刀，快签名！"

严格来说，真正的"知情同意"（Informed Consent），医生不但要向病人和家属清楚交代病情、手术的性质和风险、有可能发生的并发症和后遗症，还要说清楚如果拒绝手术，病情会如何发展及是否可选择其他治疗方案。初入行的师弟师妹，自己都未弄清来龙去脉，又如何能解释得中肯？只会随时被问到"口哑哑"。

内地的医患关系比香港还紧张，病人和家属因不满意治疗效果，聚众到医院大吵大闹是司空见惯，打死医生的事件也时有所闻。内地医院要求主刀的大夫亲自向病人交代病情、让病人签手术同意书，希望能把患者的期望和手术的成效拉近。

某次我到内蒙古自治区做内镜手术演示。翻开病历，手术同意书是密密麻麻的三页蝇头小楷，内镜手术的并发症罗列得比医学院的教科书还齐全。

"你们的手术同意书挺认真呢！"我和当地的李医生说。

李医生叹一口气，说："没用！早前有家属签了同意书，出事后却说我们没有认真交代并发症，只叫他在同意书上签名。现在院长让我们要求家属把并发症亲笔抄一遍，再签名！"

危机处理

在"非典"疫情最严峻的时候,朋友问我的女儿灵灵:"你爸爸整天在医院病房出入,你不担心他有事吗?"

那时尚未找到病因,亦不知道传染的途径,遑论治疗、防御的方法。只是看到学生、医生、护士和病房阿婶相继倒下,有些还是"阖府统请",全家一起中招。风声鹤唳,说不担心恐怕是骗人。

"我不担心。我爸爸懂得照顾自己。"

"何以见得?"

"爸爸懂潜水。遇到危难时会'stop, think and act'(停下,思考,再行动)。他不会有事的。"女儿一本正经地说。数年前圣诞节我们举家到菲律宾度假,借机会学会了潜水,一家四口都考上了潜水执照。"stop, think and act"是教练给我们在水底解决危难的锦囊妙计。难得小女孩将潜水的座右铭用在防疫上。

海洋虽然占了地球面积的十分之七,但水底始终不是人类的"地头"。我们要到鱼儿的世界探险,就要离开我们感到安全的岸上，钻到没有空气供我们呼吸的水底。在水中呼吸要靠较复杂的仪器。在水底遇到问题，比如气体供应不上，最重要的是保持镇定，找到出问题的原因，再设法解决。最忌慌张，凭本能乱作反应。闭着气从水底冲回水面，肺里的空气迅速膨胀，极易引起意外。

遇到问题先停一停，想一想再作反应，的确是处理各种危机的好帮手。在描述实习医生生涯的写实小说《天主的神殿》(The House of God)中，驻院医生"胖子"给初入行的新扎师兄的忠告是："病人心跳停止时，先量量你自己的脉搏！"

可是，用这样理智的方法去学骑单车、滑浪、飞滑翔伞，甚至吹小号，却永远不成器！

老辣

英国大文豪毛姆曾在伦敦圣汤玛斯医院肄业。毛姆在回忆录中提到:"在医院的病房里住上两三年可能是作家最好的培训,因为医生看到的,是人生最赤裸的一面。"

医学院是个"不出版,就得出去"(Publish or Persish)的地方。教授们能否升职,甚或能不能保住饭碗,要看出版论文的数量。当年不少在医学院的同事,临床技术顶呱呱,教学方面也极受学生爱戴,只是拿起笔来就有如千斤重,始终是郁郁不得志。

能有一支听话的笔,可以流利地表达自己的思想,不管你干什么行业,都会如虎添翼!

教我遣词用字的,是我的英文老师麦加非神父。他说:"不要光看字面的意思(denotative meaning),每个字都更有深层的意思(conotative meaning),或褒或贬,要小心选用!"

法国小说家福楼拜告诉他的门生莫泊桑:"要写一件事物,只有一个动词、一个形容词最恰当。你必须找到那个词,不可苟且。"

写作要天分吗？我念中五时，教我们国文的是陈石荪老师。上课的第一天，就给将要参加中学会考的我们一个百试百验的锦囊："笔"是要多写才能"开"的。你们从今天起，每天给我填满一张原稿纸，我包保你们中文作文过关！

　　食评家唯灵是我的姨丈。他短小精悍的食经，令人回味再三。犹记得少年时曾向姨丈请教。姨丈哈哈一笑，伸出蒲扇大的手，中指握笔的地方，长了一块厚厚的茧。

盈缩之期

退了休的老友记茶聚,话题总是离不开痛风症不能吃什么什么,上次体检的胆固醇指数如何如何,谁谁谁又再次入了医院。递来递去相互鉴赏的,是在医院和诊所领到的药物。在手机上传来传去的,尽是柠檬煲白醋、红酒浸洋葱等等的食疗偏方。

现代人饮食无忧,体力劳动少,易患上高血压、高血糖和高血脂的"三高富贵病"。令老友记们闻之色变的冠心病、中风、肾衰竭都祸源于此。提倡低盐、低糖、少油的食物是王道。但如果炒青菜要先用热水漂走油渍才能入口,吃煎蛋只吃蛋白,把最富营养、最美味的蛋黄弃掉,却未免是矫枉过正,暴殄天物了。

人人都希望健康长寿。有健康的体魄,才能好好地享受人生。步入中年以后,身体机能比年轻时自然有所不如。银发一族多喜欢研究养生之道。在人口逐渐老化的社会,光怪陆离的延年益寿方法、林林总总的保健食品应运而生。有些是有科学根据的,有些效用尚待证实,更有不少是骗人的。

其实到头来，生、老、病、死是自然界的不变定律，任何人都逃不过。为了保健，弄到惶惶终日，生活的质量反而降低了，是得不偿失、本末倒置了。

"胆怯的人去世前受死万千遍，勇者一生却只会死一次。"（A coward dies a thousand times before his death, but the valiant never taste of death but once.）¹

1　William Shakespeare, *Julius Caesar*, Act 2, Scene ii.